KB170914

영주,
재벌이 되다

영주, 재벌이 되다 1권

초판1쇄 펴냄 | 2019년 08월 19일

지은이 | 일가
발행인 | 성열관

펴낸곳 | 어울림 출판사
출판등록 / 2009년 1월 23일 제 2015-000062호
주소 / 경기도 고양시 일산동구 무궁화로 43-55, 801호 (장항동, 성우사카르타워)
TEL / 031-919-0122
FAX / 031-919-0127
E-mail / 5ullim@hanmail.net

Copyright ⓒ2019 일가
값 8,000원

ISBN 978-89-992-6009-4 (04810)
ISBN 978-89-992-6008-7 (SET)

1

영주,
재벌이 되다

일가 퓨전판타지 장편소설

울림
OKS

영주, 재벌이 되다

목차

전이(轉移)하다(1)

룬어.

언제, 어디서, 누가 기록했는지 알 순 없다.

다만 창조주께서 내리신 언어로 알려지면서 그것을 연구하는 자들이 생겨났고, 그들은 초자연적인 현상을 경험하게 된다.

신의 말씀을 되새기자 불과 물을 만들 수 있게 된 것이다.

마법의 기원이다.

나 또한 선지자의 길을 따라 룬어를 연구하는 마법사가 됐다.

다만, 죽음에 이를 때까지 겨우 4서클의 성취를 이루었을 뿐이다.

허나 스승님께서는 대마법사의 반열에 오르신 것도 모자라 스스로 신이라 칭할 수 있는 10서클을 바라보셨다.

그런데도 제자가 고작 4서클인 이유는 훌륭한 스승님이 계실지라도 스스로 깨달음을 얻어야 다음 단계로 올라설 수 있기 때문이다.

다시 말해 지닌 재능이 부족하다는 뜻이다.

스승님께서는 그런 나를 항상 안타까운 시선으로 바라보셨다.

그리고 그날 스승님께서 부르셨다.

지하공동.

오직 허락된 자만이 들어설 수 있는 대마법사의 실험실이다.

허공에 뜬 마법등이 눈부시게 밝은 빛을 뿜어내고, 걸음을 옮길 때마다 벽면에서 원형계단이 튀어나온다.

끝없이 아래로 이어진 계단을 따라 한참을 내려와야만, 스승님의 비밀을 간직한 지하공동에 도착할 수 있었다.

바닥엔 알 수 없는 마법진이 빼곡히 그려져 있었고, 그곳에선 아름다운 빛의 향연이 일어났다.

마법진 위로는 빛과는 전혀 어울리지 않는 시커먼 기운이 뭉쳤다가 흩어지기를 반복했다.

"왔느냐?"

"예. 스승님."

"잠시 기다려라."

실험이 막바지에 이른 것인지 말씀을 하시면서도 시선만은 줄곧 마법진을 살피고 계셨다.

예상대로다.

시커먼 기운이 점차 형태를 갖추자 그제야 시선을 주시고는 한동안 말없이 바라보셨다.

중요한 이야기를 꺼내시기 전에 항상 저런 행동을 하신다.

꿀꺽.

나도 모르게 침을 삼키고 스승님의 말씀에 귀를 기울였다.

"내 모든 것을 주려 한다."

"예에?"

깜짝 놀랐다.

"허나, 선택은 네게 달렸다."

"무엇을 하면 됩니까?"

스승님의 시선이 마법진으로 향했다.

"하겠습니다."

망설임 없이 답했다.

"네가 살아난다면 내가 깨달은 모든 것을 얻게 될 것이다."

스승님께서는 새로운 세상을 보고자 하셨다.

바닥을 빼곡히 메운 마법진은 새로운 세상으로 나아가는 관문이지만 마법이 완성되려면 마나를 가진 인간의 피가 필요했다.

그래서 나를 선택하신 것.

다만, 목숨을 잃을 수도 있기에 스승님께서는 이룩하신 모든 것을 대가로 내어놓으셨다.

깨달음까지 포함해서.

물론 스승님께서 겪어온 평생의 경험을 머릿속에 집어넣는다고 해서 원하는 것을 얻으리라는 보장은 없다.

그래도 재능이 없는 내게 대마법사를 바라볼 수 있는 일말의 기회라도 주시고자 하신 것이다.

선택은 내 몫이다.

얻지 못해도 내 운명일 터였다.

실험의 결과 쉴 새 없이 소리치고 한없이 움직여도 도무지 그 끝조차 보이지 않는 암흑의 공간에 갇혔다.

그리고 알 수 있었다.

이 공간은 스승님께서 주신 모든 것을 내 것으로 만들어야만 나갈 수 있다는 걸.

그래서 필사적으로 노력했다.

재능이 없는 내가 할 수 있는 건 그것뿐이었다.

그러나 재능은 결코 노력으로 따를 수 없다는 걸 절감

했다.

얼마나 오랜 시간을 보냈을까?

지독히도 이어진 고독이 굳건했던 정신마저 잠식하고 이제는 지녔던 기억마저 희미해진다.

그렇게 절망에 빠진 채로 내 존재가 사라져가는 것을 느꼈다.

그때, 정신을 후벼 파는 엄청난 고통이 찾아왔다.

"아아악!"

나도 모르게 비명을 내질렀다.

그런데, 들린다.

암흑의 공간에서는 그렇게 내질러도 들리지 않던 비명이 너무나도 뚜렷하게 귓가에 울린다.

* * *

"차도가 있는 게요?"

"간밤에 계속해 비명을 질렀다고 합니다. 아마도 발작을 일으킨 것 같습니다."

"음……."

신음을 흘리는 학장이었다.

며칠 전에 벌어진 전대미문의 사건으로 아카데미가 발칵 뒤집혔다.

어처구니가 없게도 4학년에 재학 중인 생도가 마나 역

류를 일으킨 것이다.

"휴…! 도대체 원인이 무엇입니까?"

"스스로 목숨을 끊으려 한 게 아니라면 깨어나 봐야 알 수 있지 않겠습니까?"

마나가 역류를 일으키는 원인은 두 가지다.

스스로 역류시키는 것과 타인에 의해 강제로 역류되는 것이다.

허나 이곳은 아카데미다.

타인의 마나를 강제로 역류시킬만한 실력을 가진 자는 교수진 외에는 없다.

생도가 쓰러질 당시 교수들의 행적은 모두 드러났고 외부에서 침입한 흔적조차 없다.

그렇다면 생도 스스로 마나를 역류시켰다는 뜻이 된다.

"알려야 하지 않겠습니까?"

"며칠 더 지켜보고 차도가 없으면 그렇게 합시다."

생도의 신분은 공작가의 소영주.

가세가 기울면서 예전의 위상은 사라졌지만, 그래도 명성만큼은 대륙에서 제일가는 가문으로 알려진 곳이다.

게다가 황궁의 비호를 받는 유일한 가문이기도 하고.

생도가 깨어나지 않는다면 큰 문제로 비화될 여지가 충분했다.

　　　　＊　＊　＊

　눈을 뜨니 은은한 빛이 감돈다.

　도대체 얼마 만에 바라보는 빛인지 기억초자 희미하
다.

　한데, 고개를 갸웃거릴 수밖에 없다.

　분명히 내가 있던 곳은 지하공동, 스승님의 실험 장소
였다.

　그런데 이곳은 방 안. 그것도 푹신한 침대에 누워 있다.

　'음… 스승님께서 나를 데려다 놓으신 건가?'

　지하공동은 허락받은 자가 아니면 누구도 드나들 수 없
는 곳이기에 이렇게 생각할 수밖에 없다.

　'깨어났으니 스승님을 찾아뵈어야겠지.'

　그러나 막상 자리에서 일어나자 스승님을 뵙기가 망설
여진다.

　스승님께서 전해주신 가르침을 온전히 내 것으로 만들
지 못했기 때문이다.

　그래도 인사를 드리는 게 제자 된 도리. 불호령이 떨어
지더라도 가야만 한다.

　"……?"

　한데, 문고리를 잡는 순간 놀랄 수밖에 없었다.

　늙어 쭈글쭈글해진 피부가 사라지고 너무도 매끈한 피

영주,
재벌이 되다　12

부를 가진 새하얀 손이 시선에 들어왔기 때문이다.

'도대체 무슨?'

말도 안 되는 일이라 생각하면서도 두 손으로 얼굴을 만져봤다.

역시나 통통하고 매끈하다.

즉시 상의를 걷어 올렸다.

매끈한 피부와 통통한 뱃살도 마찬가지다.

그리곤 하의를 내려 아래를 바라본다.

생각대로다.

딱 봐도 절륜할 것 같은 물건이 떡하니 시야에 들어온다.

"허허!"

알 수 없는 현상을 겪고 있었지만 저절로 미소가 맺힌다.

그리고 작금의 상황을 이해했다.

스승님의 가르침을 온전히 내 것으로 만들지는 못했지만, 목숨을 건 대가로 육체가 젊어지는 기연을 얻었다.

게다가 늙어 죽기까지 긴 시간을 벌었으니 그것만으로도 족했다.

더욱이 하물도 예전보다 커졌고.

"허허허!"

하물을 쓰다듬으며 만족한 웃음을 흘렸다.

"에그머니나!"

때마침 방문을 열고 들어온 여인이 휘둥그레진 눈으로 바라본다.

나와 시선을 맞추더니 이내 사랑스러운 하물을 응시하고는 얼굴까지 붉힌다.

'하녀인가?'

내가 시중을 들지 못했기 때문에 그새 하녀를 구하신 모양이다.

"허허! 노크도 없이 들어오느냐?"

"죄송합니다. 공자님."

그러고는 후다닥 도망치듯 밖으로 나간다.

"쯧쯧! 무에 그리 급하누."

살짝 아쉬웠다.

젊어진 만큼 공자라는 호칭도 한번쯤은 더 듣고 싶었다.

그보다 내가 깨어난 것을 시녀가 봤으니 곧장 스승님께 고했을 터, 지체해서는 안 된다.

하물을 좀 더 감상하지 못해 살짝 아쉬움이 들었으나 내 몸에 달린 물건이니 언제든지 꺼내보면 될 터.

내렸던 바지를 올린 후, 옷매무새를 가다듬었다.

'가볼까!'

육체가 젊어져서인지 막 자신감이 샘솟아 그 어느 때보다 힘차게 방문을 열었다.

"으음······."

한데, 밖은 내가 생각한 곳이 아니었다.

스승님과 내가 거주하던 곳은 주택, 이렇게나 긴 복도가 있을 리 없다.

그러고 보니 내가 깨어난 곳도 이상하다.

주택에는 이런 구조를 가진 방이 없었다.

'설마, 치료소?'

긴 복도, 좁은 방에 덩그러니 놓인 침대, 구조를 보면 틀림없는 치료소 같았다.

깨어나기까지 제법 오랫동안 자리를 보전했다면 주택이 아닌 이곳으로 옮긴 수도 있을 것이다.

이곳이 치료소라면 아귀가 맞지만 한편으론 의구심이 든다.

스승님께서는 대마법사의 반열에 드신 분이다.

마법으로도 얼마든지 치료가 가능하기에 굳이 치료소에 보낼 필요가 없다.

"음…….."

결국, 이곳이 어딘지는 밖으로 나가 확인해봐야 알 것 같다.

똑똑똑!

결정하기 무섭게 누군가 문을 두드린다.

"들어오시오."

허락이 떨어지기 무섭게 처음 보는 자들이 들어오더니 다짜고짜 내 몸을 만져보기도 하고 마법을 발현해 몸뚱이를 살펴보기도 한다.

한순간 당황했지만, 저들이 치료사고 의식이 없던 내가 깨어났다면 응당 취할 수 있는 행동이기에 순순히 응했다.

"안심해도 될 것 같습니다. 학장님."

"그래요?"

"예. 역류한 마나가 제자리로 돌아갔습니다."

"휴! 그렇다면 다행입니다. 그래도 모르니 교수께서 한 번 더 살펴보세요."

한데, 치료사라기엔 둘이 나누는 대화가 이상하다.

게다가 학장과 교수라니.

"며칠 동안 깨어나지 않아 걱정했다. 오늘은 이대로 쉬고 내일 학장실로 찾아오너라."

학장이라는 자가 안도하는 눈빛으로 나를 살펴보고는 돌아섰고, 교수라는 자는 어깨를 두드려주곤 뒤를 따랐다.

한바탕 폭풍이 휘몰아친 것 같은 느낌이다.

"저… 공자님. 세안할 물을 들일까요?"

학장과 교수가 나가자 처음에 봤던 시녀가 빠끔히 고개를 들이밀고는 의견을 물어왔다.

무슨 말을 했는지 제대로 듣지도 못했지만, 고개를 끄덕여주었다.

지금 중요한 건 내가 했던 짐작이 틀렸다는 것.

무엇보다 교수나 학장, 마나 역류와 같은 말은 나와는 접점이 없다.

그리고 결정적인 건 학장실로 찾아오라는 것.

이곳이 치료소가 아닌 아카데미란 뜻이다.

내가 왜 아카데미에 있는 걸까?

전혀 예상하지 못한 상황이 벌어졌다.

똑똑!

"공자님. 들어가겠습니다."

시녀가 세안할 물을 가져와 한쪽 구석에 놓아두고는 얼른 나간다.

아무래도 단단히 오해한 것 같다.

안 그래도 복잡한 머릿속을 더욱 헤집어버리는 시녀 덕분에 찬물이라도 끼얹었어야 할 판이다.

그런데.

"……?"

긴 침묵이 이어졌다.

원래의 나는 붉은 머리칼에 심연과 같은 검은 눈동자를 지녔었다.

마법사의 길을 걷게 되면서 가정도 이루지 못한 채 생을 마감했지만, 소싯적엔 못난 얼굴도 아니었다.

한데, 물에 비친 모습은 황금색 머리칼에 푸른 눈동자를 지닌 아주 앳돼 보이는 소년이다.

게다가 환장할 정도로 잘생겼다.

"하아……!"

그제야 작금에 벌어진 상황이 이해된다.

시녀나 학장, 교수가 바라본 자는 지금의 겉모습, 원래의 내가 아니었다.

이걸 어떻게 받아들여야 할까?

이런 현상이 벌어진 이유가 뭘까?

그보다 스승님은 어떻게 되신 걸까?

의문이 꼬리를 물고 일어났지만, 해답을 찾지 못했다.

단지 차원 이동 마법진의 영향을 받은 내 영혼이 이 몸에 전이되지 않았을까 하는 추측만 할 뿐이다.

그렇다면 이 몸의 원래 주인은 마나 역류로 인해 죽었다는 뜻이기에 다시 한번 면상을 확인하고 싶었다.

그런데.

"으으으……."

밋밋한 투통이 찾아오더니 급기야 견디기조차 힘들 정도로 지독한 통증이 이어졌다.

"으아아악!"

결국, 정신 줄을 놓고 말았다.

전이(轉移)하다(2)

다음 날.

정신을 차리고 보니 밤새 세안할 물통에 얼굴을 처박고 기절했었다.

다행히 물이 쏟아졌기에 망정이지 새로운 육체를 얻자마자 죽을 뻔했다.

'휴!'

아찔한 경험을 하고나자 절로 안도의 한숨이 나온다.

기절할 정도로 진한 두통의 원인은 이 몸의 원래 주인이 가진 기억이 전이되면서 일어난 것이다.

침대에 걸터앉아 차분히 떠오르는 기억을 되새겼다.

'허허! 이런 미친놈을 봤나.'

놀랄 만했다.

이 몸의 주인은 '전생의 비술'이라는 마법을 사용했다.

전생의 비술이란 말 그대로 자신의 전생을 엿본다는 뜻으로 그 목적은 전생에 습득한 지식과 지혜를 가져와 현생의 자신을 개발하려는 의도다.

스승님께서도 대마법사의 반열에 오르신 후 시도하셨다.

전생을 살펴보기 위해서는 결계를 뚫어야 했고, 각 전생마다 결계가 존재한다고 말씀하셨다.

당연하게도 결계를 쳐둔 자는 죽음과 생명을 관장하는 신이다.

보잘것없는 인간의 능력으론 결코 뚫을 수 없다는 뜻.

스승님조차도 마나 역류를 일으킬 정도로 위험한 순간을 겪었다.

다만 대마법사를 지나 반신의 단계인 10서클에 오른다면 어쩌면 가능할지도 모르겠다고 말씀하셨다.

허나 그도 추측일 뿐이고.

결론은 대마법사이신 스승님조차도 목숨을 걸어야 할 만큼 위험한 마법이다.

아마도 이 몸의 주인은 그런 사정을 몰랐을 터.

그게 아니라면 하나뿐인 목숨을 내걸 정도로 배짱이 두둑한 놈이었거나.

그리고 단언할 순 없지만 지금의 내가 이 몸에 전이한 것을 보면 목숨을 잃게 되는 순간 전생과 연결되는 것 같다.

솔직히 천만다행이었다.

내가 이놈의 전생이 아니었다면 암흑의 공간에 갇힌 내 영혼은 그대로 소멸했을 것이다.

게다가 나를 흥분시키는 건 재능.

이놈의 몸뚱이는 놀라울 정도로 마나 친화력이 높다.

'부러운 놈.'

더구나 열일곱에 4서클, 내가 평생에 걸쳐 이룩한 것을 이미 가진 놈이었다.

속된말로 질투가 났지만, 가만히 생각해보면 이제는 내 몸뚱이다.

'뭐, 고맙기도 하고.'

어찌 보면 똑같은 영혼일 수 있지만, 살아온 환경이 다르기에 같다고도 볼 수 없다.

그래서 진심으로 고마움을 느꼈다.

이 몸이 가진 재능이라면 어쩌면 스승님께서 전해주신 모든 걸 내 것으로 만들 수 있을지도 모른다.

허나 한편으로는 씁쓸했다.

기억을 통해 내 영혼이 전이된 이유를 알게 되었기 때문이다.

지금은 대륙력으로 1492년이다.

내가 살았던 시기와 무려 사백년의 차이가 난다.

그 말은 칠흑 같은 암흑의 공간에서 무려 사백년 가까이 보냈다는 뜻이다.

'젠장!'

하지만 좋은 쪽으로 본다면 비록 영혼 상태일지라도 무려 사백년을 수련한 것이 된다.

그만큼 마법에 관한 지식이 풍부해졌다. 더욱이 재밌는 사실은 이 몸의 주인은 타나리스 가문의 후예다.

마테우스 공작. 안타시우스 왕이 엘리안 제국을 일으키는데 가장 큰 공훈을 세운 자다.

검술의 최고봉인 그랜드마스터에 오른 절대자로 제국이 안정기에 접어들자 황제의 만류를 뿌리치고 변방으로 내려가 정착했다.

이에 안타시우스 황제는 마테우스 공작이 정착한 타나리스 지방을 영지로 하사했다.

이것이 타나리스 가문이 일어서게 된 이유다.

타나리스 가문.

내가 살던 시절만 해도 열이면 열, 모두가 대륙에서 제일가는 가문으로 꼽았다.

당연하게도 검술을 배우려는 대륙의 기사들이 구름처럼 몰려들었고.

그래, 생각난다.

삼족오.

활활 타오르는 태양의 정기를 마신다는 전설 속의 영물로 타나리스 가문의 상징이다.

특히나 삼족오 기사단은 웬만한 왕국 정도는 우습게 무너뜨릴 정도로 대륙 최강의 무위를 자랑했다.

가히 그 위세가 황제의 권력을 우습게 볼 정도로 대단했던 것. 한데 작금의 타나리스 가문은 몰락했다.

그것도 처절하게.

기억에 따르면 대대로 전해져 내려오던 '마테우스 검술'이 절전되면서 오히려 공작가를 보위하는 5대 가신 가문에 밀리게 된다. 몰락이 시작된 원인이다.

그렇게 세월이 흐르자 결국 가신 가문이 등을 돌렸다.

몰락이 가속화된 것이다. 그리고 작금의 가신 가문은 등을 돌린 것도 모자라 공작가를 집어삼키려 한다.

그나마 선조가 맺은 군신간의 맹약이 가신 가문을 억제하고 있다는 게 다행일 정도였다.

그래서인지 이 몸의 주인은 선조 때부터 이어져 내려온 검술 명가라는 자부심을 버렸다.

마테우스 검술을 되찾지 못하는 한, 검으로는 가신 가문을 넘어설 수 없다는 걸 깨달은 것이다.

그래서 선택한 길이 마법사였다.

＊　　＊　　＊

보름 전.

아카데미 도서관에 꽂혀 있던 오래된 고서에서 우연히 전생의 비술을 얻었다. 그리고 고민에 빠졌다.

'수많은 전생이 존재하고, 전생의 경험을 내 것으로 만들 수 있다면 얼마나 강해질 수 있을까?'

전생의 비술 첫머리에 기록된 문구다. 항상 가문의 위기를 염려했던 이 몸의 주인은 결국 더욱 빠르게 성장하려는 욕심에 전생의 비술을 펼쳤다.

그리고 그 결과가 지금의 나다.

루이. 원래 주인의 이름이다.

기억을 살펴보며 루이라는 이름을 되새길수록 이 몸과 동화되는 듯 심장이 떨리고 분노가 치솟는다.

"좋다. 나에게 새 삶을 주었으니 네가 이루고자 했던 걸 내가 대신하마."

스스로 마나에 맹세할 정도로 비장한 다짐을 내뱉었다.

게다가 가신 가문을 정리하지 못한다면 기연으로 얻은 목숨까지도 잃게 되는 불상사가 발생할 수 있고.

그리고 무엇보다 중요한 게 남았다.

이미 긴 세월이 흐른 만큼 존재할지는 모르겠지만, 스승님과 함께 지냈던 주택이 있던 곳도 타나리스였다. 우연이 겹치면 필연이 되듯 어쩌면 후생의 몸으로 살아가도록 신께서 내 삶을 안배해둔 게 아닌가 하는 의심마저 든다. 이렇게나 아귀가 딱딱 맞아 떨어지니 말이다.

 그나저나 이젠 몸 따로 마음 따로 라는 괴리감이 느껴지지 않는다. 내 영혼이 이 몸에 완전히 자리 잡았다는 뜻이다.

 루이. 공작가의 소영주.

 대륙제일의 가문인 대 타나리스 가의 후손.

 이제부터 가져야 할 이름과 직위, 내가 속한 가문이다.

 '허면 학장실로 가볼까?'

 이 세상을 향해 거침없는 발걸음을 내딛었다.

 아카데미 구석에 자리한 치료소를 나와 학장실이 있는 중앙 건물로 향했다. 눈부시도록 시린 햇살이 피부를 찔렀고, 재잘거리는 새들의 향연이 귓가를 어지럽힌다.

 나뭇가지를 흔들며 다가온 바람이 폐부를 가득 채우며 시원함을 선사한다. 시커먼 암흑의 공간을 빠져나와 세상을 거닐자 모든 게 아름답게 보이고 특별하게 다가왔다.

 "루이야! 이제 괜찮은 거야?"

 "응! 괜찮아. 걱정해줘서 고마워."

 향긋한 향기를 풍기는 풋풋한 암컷들이 걱정스런 표정으로 안부를 물어오기에 미소를 지으며 답해주었다.

 낯간지럽다. 나이에 맞추어 행동하려니 닭살이 돋는다.

 허나, 이제는 이렇게 살아야 한다.

"어이! 괜찮은 거야?"

이번엔 수컷들이어서 쳐다보지도 않고 손을 휙 흔들어주고는 지나쳤다. 냄새나는 것들은 이렇게 대해도 된다.

학장실에 이르는 동안 여러 무리를 만났다.

호의적인 시선, 멸시를 보내는 시선, 안타까워하는 시선을 보내는 자들 말이다. 물론 단번에 모두 파악했다.

게 중에 손봐줄 놈들이 더러 있기도 하고.

생도들을 일별하고 학장실에 도착하자 이안이 반갑게 맞이했다.

"몸은 어떠냐?"

"푹 자고 일어났더니 괜찮아졌습니다."

"다행이야. 그래, 내가 도와줄 건 없느냐?"

학장으로서 알아야 할 내용은 마나 역류가 일어난 이유다. 생도들을 대상으로 은밀히 조사도 해봤지만 아카데미 생활엔 별다른 문제가 없었다.

따돌림의 대상이 아니란 뜻.

게다가 벌써 4서클에 올랐을 정도로 뛰어난 재능을 보유했다. 오히려 부러움과 질투의 대상으로 보는 게 옳다.

'그런데 왜일까?'

학장은 직설적으로 물어오지는 않았다. 하지만 학장이 궁금해 하는 건 역시나 마나 역류가 일어난 이유였다.

아마도 스스로 자해를 한 게 아닌지 염려하는 것 같았기에 그럴듯한 이유를 대야 했다. 물론 전생의 비술을 시도하다 벌어진 일이라고 말할 순 없다.

"마나로드를 개척하려다 그리된 겁니다."

간단한 답변에 학장의 표정이 바뀐다.

그것도 놀람이 아닌 경악한 표정이다.

"마나로드를 개척해?"

뭐, 내 기준에도 경악할 정도는 아니지만 충분히 놀랄 만한 이유는 된다. 마나를 효율적으로 쌓고자 새로운 마나로드를 개척하려는 시도가 없지는 않으니까.

다만 길을 잘못 찾을 경우 마나 역류가 일어난다.

굉장히 위험하다는 뜻.

그래서 스스로 대처할 수 있는 수준인 7서클 이상의 고위마법사가 되어야만 마나로드를 개척할 수 있다.

그게 정설이다.

한데 고작 4서클인 내가 시도했다. 위험에 처하는 것은 당연했고, 더불어 마나 역류가 일어나게 된 이유로도 더없이 충분했다.

"걱정을 끼쳐 송구합니다."

학장이 눈을 감은 채 말없이 고개를 끄덕인다.

이유를 납득했다는 뜻이다.

"너의 재능은 충분하다 못해 넘친다. 대륙을 뒤져봐도 네 나이에 4서클에 오른 자는 찾아보기 힘들다."

학장은 마나를 쌓는 것도 중요하지만, 무엇보다 5서클은 깨달음의 단계라는 걸 강조하셨다.

검술도 그렇지만 마법사의 길을 걷는 자도 깨달음의 단계가 존재한다. 심장에 서클을 만든 후 마나를 쌓다 보면 자연스레 2서클이 되고, 3서클로 올라서기 위해서는 마법에 관한 작은 깨우침이 필요하다.

물론 그 작은 깨우침도 얻지 못하는 자들이 대다수다.

이런 자들은 재능이 없음은 물론이고 마법사가 된 것만으로도 족해 노력도 하지 않는 부류다.

반면에 5서클은 고위마법사인 7서클로 가기 위한 자격을 갖추는 단계. 마법에 관한 작은 깨우침이 필요한 3서클과는 달리 진정으로 마법의 깊이를 이해하고 고찰하는 단계다. 그래서 깨달음의 단계, 마의 벽이라고 표현한다.

4서클에 도달한 대다수가 이 벽을 넘지 못한 채 생을 마감하고 나 또한 그랬다.

"말씀하신 대로 서두르지 않고 꾸준히 정진하겠습니다."

마나가 역류한 것도 우려했던 이유가 아니었기에 상담을 끝냈을 땐 학장의 표정이 편안해져 있었다.

마나 역류로 인한 소동은 그렇게 마무리됐다.

이후의 아카데미 생활 또한 무난하게 흘러갔다. 평민으로 살았던 내가 이런 경험을 한다는 것 자체가 새로웠고,

다만 대마법사를 스승으로 모셨던 나였기에 고작 5서클과 6서클의 교수가 가르치는 마법학은 지루하기 그지없었다. 이미 나는 대마법사의 경험과 이론을 모두 머릿속에 간직한 귀하신 몸이 아닌가.

더구나 내 주력은 흑마법. 어찌된 일인지 내가 살았던 시대와는 다르게 지금은 흑마법을 좋게 여기지 않았다.

이해가 안 간다. 신성마법과 백마법 그리고 정령마법과 함께 흑마법도 엄연히 마법의 한 갈래였다. 주로 성직자들이 익히는 신성마법은 치료에 대단한 효과를 발휘하지만 대가가 비싸다. 주로 부유한 상인과 귀족이 이용할 뿐 일반 백성과는 거리가 먼 마법이다.

백마법 또한 다르지 않다. 마탑을 중심으로 똘똘 뭉쳐 그들의 이익을 우선할 뿐이다.

게다가 흑마법사에 못지않게 백마법사도 연구를 좋아하는 종자여서 치료를 받으러 온 백성을 상대로 심심찮게 마법을 실험하는 악행을 저지르기도 했다. 그리고 정령사는 워낙에 희귀한 종자라 만나는 것 자체가 어렵다.

그에 반해 흑마법은 백성들 틈에 뿌리를 내렸다.

널리 자생하는 약초를 연구해 가격이 저렴한 치료제를 만들고, 제작방법까지 공유한다.

그러나 생명의 본질에 접근하고자 죽은 사체를 해부하고, 신체를 짜깁기해 키메라를 제작하기도 한다.

솔직히 어두운 면이 강하다. 하지만 저주나 질병을 치

료함에 있어 가장 유용한 마법임은 부인할 수 없다.

게다가 마법의 기본은 마나를 다루는 것. 이는 흑마법이 그러하고 백마법이나 신성마법, 정령마법도 다르지 않다. 그럼에도 작금의 시대엔 유달리 흑마법을 배척하는 풍토가 자리 잡았다. 사정이 이렇다 보니 아카데미에선 흑마법을 사용할 수 없었다.

물론 4서클에 해당하는 백마법 정도는 얼마든지 시전이 가능하기에 내가 흑마법사라는 사실은 아무도 몰랐다. 그렇게 아카데미 생활이 마무리되고 졸업식만이 남았다.

기연을 얻다

아카데미 생활을 마무리하는 졸업식이 남아 있기는 했으나 참석하지 않는 것으로 결정했다.

지금의 나에겐 그깟 졸업식보다 과거 스승님의 흔적을 찾는 게 급선무다.

그러기 위해서는 영지에 위치한 주택을 찾아봐야 하고.

물론 오랜 세월이 지났기에 남아 있을까 하는 의구심이 들었지만 그래도 하루빨리 확인해보고 싶었다.

그래서 학사 일정이 끝나는 대로 곧바로 게이트를 이용하고자 마탑 지부로 향했다.

"타나리스 노선은 얼마죠?"

"타나리스와는 노선이 연결되어 있지 않습니다."

"아······!"

그랬다.

기억을 살펴보니 타나리스에는 마탑 지부가 없었다.

내가 살았던 시절만 해도 황도와 타나리스를 연결하는 직항로가 존재했고, 많은 이들이 이용했기에 당연히 그러한 줄 알았다.

허나 사정이 달라졌다.

타나리스 가문이 몰락하면서 이용객이 줄었다면 매년 수천골드의 유지비용을 부담하는 것도 만만치 않았을 것이다.

마탑 역시도 돈이 되지 않는 노선을 운용할 이유가 없었을 테고.

가장 편리한 이동수단이 사라진 이유다.

더구나 이 몸의 원주인은 아카데미에 입학하고자 황도로 오는 것조차 마차를 이용해 수개월을 소요했을 정도다.

단 한번도 게이트를 이용한 적이 없다는 말.

"착각했네요. 인페르노 공국으로 가겠습니다."

"5골드에 모시겠습니다."

쌈짓돈까지 긁어모아 비용을 지불하고 나니 수중에 남는 돈은 겨우 10실버였다.

일반 평민의 한달 생활비가 1골드 내외인 것을 감안하면 이용료가 매우 비싸다.

허나 마차를 이용해 인페르노 공국까지 가려면 최소 석달 이상이 소요되는 것을 감안하면 부유한 상인이나 귀족에겐 결코 비싼 금액도 아니다.

그들이 주 고객들이기도 하고.

거금 5골드를 지불하고 세번에 걸쳐 노선을 갈아타면서 이동한 후에야 인페르노 공국에 도착했다.

이곳에서 영지까지는 마차로 7일, 도보로 이동한다면 한달 정도 소요된다.

당연히 마차를 이용할 생각은 없다.

영지로 향하는 동안 마무리할 일도 있고.

잡화점에서 야영에 필요한 몇 가지 물품을 챙긴 후, 곧바로 출발했다.

마침내 세상을 향한 긴 여정이 시작된 것이다.

* * *

세상의 일부분인 마나는 물과 불, 바람, 얼음, 뇌전, 어둠 등과 같은 수많은 속성을 지니고 있다.

다시 말해 사용하는 자의 성향에 따라 드러나는 마나의 속성이 달라진다.

마법사를 선택한 후 작은 깨우침을 얻어 3서클의 단계

에 오르면 마나의 속삭임을 듣는다.

언어가 아닌 느낌이다.

이때 처음으로 마나가 지닌 속성을 선택하는데 개인의 성향에 따라 수계, 풍계, 화염, 빙계, 전격, 어둠 등으로 갈래가 정해진다.

당연하게도 예전의 내가 선택한 속성은 어둠, 흑마법사의 길로 들어섰다.

그런데 여기서 문제가 생겼다.

이 몸의 원래 주인이 선택한 건 불 속성의 마나로 내가 다루어왔던 어둠의 마나가 아니다.

물론 흑마법사도 마나의 속성에 따른 마법을 구사할 수 있다.

다만 심장에 쌓인 마나가 아닌 대기 속에 포함된 마나를 이용하기에 그 효과가 크게 떨어진다.

최악의 효율을 보인다는 뜻이다.

내가 처한 문제다.

이를 해결하는 방법은 이 몸이 간직한 불 속성의 마나를 지우고 새로이 어둠의 마나를 받아들이는 것이다.

그리고 그 시기가 5서클에 오를 때 유일하게 찾아온다.

물론 7서클이나 9서클에서도 속성을 바꿀 순 있지만, 마법의 단계가 높아질수록 그 위험이 배가된다.

필히 목숨을 잃을 게 틀림없다.

다행히 이 몸은 4서클로 고위마법사로 나아갈 수 있는

자격의 단계를 바라보는 첫 번째 관문에 도달한 상태다.

다만 5서클에 오르기 위해서는 진정한 깨달음 얻어야 한다.

벽을 넘지 못한다면 시도조차 할 수 없다는 뜻.

그렇지만 내가 누구인가?

대마법사의 반열에 오르신 것도 모자라 반신의 단계를 바라보시던 스승님의 지식과 경험을 모두 물려받은 귀하신 몸이다.

당연히 해결할 방법이 존재한다.

인위적인 각성!

즉, 강제로 서클을 만든다는 뜻이다.

심장이 찢어지는 고통이 수반되는 것은 물론이고 마나 폭주로 죽을 수도 있지만 대마법사로 나아갈 수 있는 길을 포기할 순 없다.

그래서 영지로 향하는 동안 각성을 시도할만한 장소를 찾았다.

그리고 인페르노 공국을 벗어난 지 칠일 만에 괜찮은 곳을 발견했다.

족히 수십미터는 됨직한 절벽 중간에 위치한 바위 틈새로 몸을 누일만한 충분한 공간은 물론이고 바람과 이슬까지 막을 수 있는 장소였다.

다시 한번 주변을 둘러봤다.

혹시나 있을 몬스터의 공격으로부터 안전하다는 확신

이 들자 가장 먼저 든든하게 배를 채운 다음 가부좌를 틀었다.

마나의 축적을 이루다 보면 어느 순간 더 이상의 마나를 받아들일 수 없는 포화상태에 이르고 이때 깨달음의 순간이 찾아온다.

깨달음을 얻는다면 자연스럽게 또 하나의 서클이 형성되지만 그렇지 못하면 서클이 고착화된다.

다음 단계에 올라서지 못한다는 뜻이다.

나 역시도 4서클로 생을 마무리했고 이후로는 깨달음의 순간이 찾아오지 않았다.

이게 자연스러운 현상이다.

다만 지금 시도하려는 건 인위적인 각성이다.

가부좌를 틀고 앉아 정신을 집중하자 대기에 포함된 마나가 느껴진다.

내가 찾는 것은 어둠의 마나로 가장 안쪽에 숨어 쉬이 모습을 드러내지 않는 놈이다.

허나 평생을 다루어 왔다.

놈이 제아무리 숨어 있어도 내가 찾지 못할 리 없다.

호흡을 통해 어둠의 마나를 받아들이자 심장에 터를 잡고 있던 화염 속성의 마나가 반항하기 시작했다.

당연한 이치다. 제 집에 불청객이 들어왔기 때문이다.

되었다. 지금은 어둠의 마나를 찾았다는 것에 만족해야 한다.

기실 작업은 이제부터다.

화염 속성의 마나로 이루어진 서클에 흠집을 내야 한다. 그것도 어둠의 마나를 이용해서 말이다.

작업은 마나를 비우는 것에서부터 시작된다.

심장에 가득했던 화염 속성의 마나를 비워나가자 기어코 한쪽 구석에 어둠의 마나가 자리 잡을 수 있는 공간이 만들어졌다.

"컥!"

한 움큼의 피를 뱉어냈다.

성질이 다른 두 종류의 마나가 정착하자 심장에 작은 무리가 온 것이다.

그러나 이제 시작이다.

네 번째 고리에 흠집을 내는 건 뾰족한 바늘로 심장을 찌르는 것과 같은 고난도 작업이기에 통증과 시간의 흐름마저 잊었다.

얼마나 많은 시간이 흘렀을까?

수천번의 작업 끝에 마침내 네 번째 고리가 큰 상처를 입고 찢어지기 시작했고.

반으로 쪼개지는 순간 심장 한쪽에 웅크린 채 대기하던 어둠의 마나를 이용해 강제로 서클을 만들었다.

마치 심장이 불타는 것 같은 엄청난 고통이 찾아왔다.

허나 통증에 못 이겨 작업을 멈추는 순간 화염 속성의 마나가 폭주하기 시작하고 종국엔 심장이 터져 죽음에 이른다. 입술이 찢어질 정도로 이를 악문 채 작업을 계속해야 한다.

다섯 번째 고리를 이용해 어둠의 마나를 받아들이고, 동시에 화염 속성의 마나를 다독이며 자연으로 돌려보냈다.

그렇게 네 번째 고리가 비워지는 순간 어둠의 마나를 채우고, 뒤를 이어 세 번째 고리, 두 번째 고리, 마지막으로 첫 번째 고리까지 채워나갔다.

그런 후 순수한 어둠의 마나를 이용해 서클을 회전시키자 펑하는 소리와 함께 눈앞이 번쩍이며 형언할 수 없는 통증이 찾아왔다.

"으아악!"

결국 고통을 참지 못해 비명을 내지르며 정신을 잃었다.

칠흑 같은 어둠으로 이루어진 공간.

마치 수백년 동안 영혼 상태로 갇혀 지냈던 그곳과 흡사했다.

두려웠다.

또다시 죽음을 맞아 영혼이 된 게 아닌지 무서웠다.

한데 그런 내 마음을 엿본 것인지 느껴지는 어둠이 변하면서 마치 어머니의 손길을 받는 것처럼 포근해졌다.

게다가 무언가 피부에 와 닿는 느낌이다.

두 팔을 휘 젖자 역시나 끈적이는 어둠이 손에 잡힌다.

아아!

느껴진다.

어머니의 손길처럼 포근한 건 어둠의 마나. 세상을 이루는 근원이자 무엇이든 담을 수 있는 용기였다.

그랬다.

어둠의 마나를 받아들이고자 화염 속성의 마나를 자연으로 돌려보낼 이유가 없었다.

그저 어둠의 마나로 감싸 안으면 될 것이었다.

어둠의 마나가 가진 본질을 깨닫자 칠흑 같은 어둠이 요동치기 시작하더니 무색의 공간으로 변했다.

그리고는 거대한 폭발을 일으켰다.

나 역시 폭발에 휩쓸리며 무색의 공간에서 튕겨 나오며 정신을 차렸다.

허나 아쉬움에 다시 눈을 감았다.

찰나의 순간에 너무도 눈부신 빛과 무엇이든 품을 수 있는 짙은 어둠을 보았기 때문이다.

결론은 강제적인 각성을 통해 어둠의 마나를 받아들이고자 했으나 정신을 잃으면서 무의식의 공간을 통해 어둠의 마나가 가진 본질에 대한 깨달음이 찾아왔다.

덕분에 두개로 갈라진 반쪽짜리 서클이 완벽하게 제 모양을 갖추며 정순한 마나로 가득 차더니 동시에 새로운 서클이 생겨났다.

완벽한 5서클에 오르는 순간이었다.

게다가 놀라운 일이 연이어 발생했다. 무색의 공간을 통해 새로운 깨달음이 시작되면서 서클이 하나 더 늘어났다. 그런데 끝이 아니었다.

깨달음에 근접하자 계속해서 어둠의 마나가 요동치며 또 다른 서클을 형성하고자 했다. 순식간에 6서클을 지나 7서클에 오르기 위한 과정을 밟고 말았던 것.

그러나 거대한 폭발에 휩쓸리며 무의식의 공간에서 튕겨 나오며 연이은 깨달음을 얻지 못했다.

결코 들어보지 못했던 현상이 벌어진 것이다.

아마도 대마법사의 지식과 경험을 가졌기에 그러한 기회가 찾아왔던 게 아닌가 싶다.

그러나 마지막 순간 연이어 찾아온 깨달음을 얻는데 실패하면서 6서클에 만족해야 했다.

아쉬울 수밖에 없었다. 성공했다면 순식간에 7서클이라는 고위마법사의 단계에 발을 디뎠을 테지만 또 다른 서클을 받아들이기엔 이 몸의 그릇이 작았다.

그래도 다음 단계에 오르기 위한 실마리를 얻었으니 꼭 실패한 것도 아니다.

더구나 지금의 단계를 온전히 내 것으로 만드는데 많은 시간이 필요할 터, 지금은 그것만으로도 족했다.

호흡을 통해 몸속을 관조해보니 여섯 개의 고리가 맞물

리며 힘차게 회전한다. 온연한 6서클의 단계를 밟은 흑마법사가 됐다는 뜻이다.

의식을 집중해 어둠의 화살을 생성시키자 하나, 둘, 셋, 넷, 다섯… 그리고 여섯 번째 어둠의 화살이 보무도 당당히 모습을 드러냈다.

"하하하하!"

그렇게도 바라마지 않았던 5서클을 지난 것도 모자라 온연한 6서클에 오른 것을 두 눈으로 확인하자 절로 터져 나오는 광소였다.

마의 5서클이라는 벽을 무너뜨리는데 무려 사백년이 넘는 세월이 걸린 것이다.

쿠아앙!

어둠의 화살로 맞은편에 있는 아름드리 둥치를 가진 나무를 타격하자 커다란 폭발이 일어났다.

4서클의 화염구와는 비교조차 되지 않는 강력한 폭발에 미소가 맺힌다.

'그럼 시작해볼까?'

정령사와 마찬가지로 흑마법사도 소환수가 있다.

다만 계약한 정령만을 소환하는 정령사와는 다르게 흑마법사는 지옥에서 살아가는 악마를 무작위로 소환해 부린다.

당연하게도 소환된 악마는 흑마법사의 지배를 받는다.

물론 고위급 악마를 소환할 경우엔 높은 확률로 정신지

배를 이겨내는 악마가 등장해 흑마법사를 종으로 부리거나 죽이기도 한다.

아주 특수한 경우다.

어쨌든 본인의 능력에 걸맞은 악마를 소환한다면 일어날 수 없는 일이다. 나 또한 잘 아는 사실이고.

바닥에 소환진을 그린 후 마나를 불어넣자 진이 활성화되면서 아주 오랜만에 듣는 익숙한 소리가 들려온다.

영업나온 오크(1)

악마들이 사용하는 언어를 듣자 입가에 미소가 맺힌다.

소환된 악마는 성인 무릎 정도의 키를 가진 작고 귀여운 임프다.

악마답게 전신이 검고, 붉은 눈에 뾰족한 귀, 끝이 갈고리로 된 긴 꼬리를 가졌다.

소환되자마자 앞뒤로 한 바퀴 회전하고는 주변을 살펴본다.

—히히히! 오랜만에 인간 세상에 나오누. 그나저나 너는 누구누? 아! 소환자누. 미안하누.

"……."

임프는 화염 속성을 가진 악마로 주로 화염구를 날려 상대를 공격하지만 가장 강력한 무기는 쉴 새 없이 조잘거리는 입이다.

영지로 가는 동안 심심하지 않게 생겼다.

"너 이름이 뭐야?"

—이름이 뭐누?

"널 부르는 호칭 말이야."

—아! 네임 말이누?

"그래. 네임."

—좀 기누. 잘 외우누?

"…그래. 이름이 뭔데?"

—아스토리엔 자무스 데노 리푸니아빈스키 로이드 마 푸에스탄이누.

"……."

좀 많이 길었다.

기억나는 건 끝부분뿐이었다.

"로이드 마 푸에스탄?"

—그렇다누.

"근데 너 귀족이었어?"

—알아서 잘 모시누.

최하급 악마이면서도 긴 이름을 사용하고 '마'라는 단어가 들어간 것을 보면 지옥에서도 나름 뼈대 있는 가문이라는 뜻이다.

즉, 소환된 악마는 푸에스탄 가문의 로이드로 앞으로 나와 함께할 동반자다.

말투가 약간 이상하지만 알아듣는데 별문제가 없으니 족했고, 다른 건 차차 알아 가면 될 일이다.

"우선 요기나 하자."

각성하는데 며칠이 걸렸는지 몇 시간이 걸렸는지는 모르겠지만 제법 허기가 졌다.

간단히 요기를 한 후에 길을 나서기로 했다.

―먹을 게 뭐가 있누?

"말린 육폰데 괜찮지?"

―육포 좋다누.

악마라고 해서 모두가 생식을 즐기는 건 아니다.

지옥도 인간이 사는 세상처럼 별도의 문화가 존재하고 나름대로 요리문화도 발전했다.

물론 들은 이야기다.

―맛있다누.

건넨 육포를 순식간에 먹어치우고는 총총한 눈으로 바라본다.

육포를 하나 더 건네며 물었다.

"인간 세상엔 언제 쯤 와본 거야?"

―몇백 년은 됐다누.

"몇백 년 전에 와봤다고?"

"그렇다누.

허! 좀만 한 게 최소한 몇백 년은 살았다는 말이었다.

"그럼 넌 몇 살이냐?"

─칠백서른한살이누.

"켁!"

깜짝 놀라 씹던 육포를 뱉어냈다.

─맛있는 걸 왜 뱉누?

"허면, 넌 얼마나 살 수 있는 거야?"

─모른다누.

로이드의 말은 언제든 위험에 처할 수 있다는 말이었고, 수명대로라면 천년은 넘게 산다고 했다.

비록 하급 악마지만, 로이드 역시 오랜 세월을 살아왔다.

그래서인지 예전에 소환했던 임프에게서는 듣지 못했던 악마가 살아가는 세상에 관해 많은 것을 들려주었다.

게다가 타나리스로 향하는 동안 자신의 가문을 비롯해 다스리는 영지에 관한 자랑을 끝없이 내뱉었다.

물론 소환수 주제에 표정도 거만했다.

"자랑은 그만 좀 하지."

─자랑 아니고 내 소개다누.

"……."

게다가 능글맞고.

그보다 5서클에 오른 내가 소환해 부릴 수 있는 악마는 임프만이 아니다.

조금 더 상위 악마인 지옥사냥개까지 소환이 가능하다.

다만 한번도 소환해본 적이 없었기에 약간은 망설여진다.

"헬하운드라고 알아?"

—사냥개 아니누.

"그래. 나 그놈도 소환할 수 있는데 설명 좀 해줄래."

—별거 없다누. 그냥 인간세상의 똥개처럼 생각하면 된다누.

"무서운 놈이 아니야?"

—쎄긴 하다누. 그래도 개새끼일 뿐이다누.

분명히 5서클에 올라야만 지배가 가능하다고 알려진 악마가 지옥사냥개다.

당연하게도 4서클에 소환이 가능한 임프보다 상위의 악마지만, 로이드는 그냥 똥개정도로 취급했다.

"너 허세부리는 거 아니지?"

—아니다누. 소환해보면 안다누.

거짓말을 하는 것 같지는 않았다.

로이드 말대로 소환해보면 알 일이기에 걸음을 멈추고 곧바로 소환진을 그렸다.

그리고 마나를 보내자 소환진이 활성화되며 푸른빛이 일렁였다.

잠시 후, 꼭 멧돼지 같은 대가리에 뱀의 꼬리를 가진 족히 2미터는 됨직한 악마가 소환됐다.

지옥사냥개다.

보는 것만으로도 위압감이 느껴지는 풍채에 지옥의 업화를 담은 붉은 눈동자가 전신을 옥죄는 것 같다.

—크르르.

게다가 먹잇감을 포식하던 중에 소환 당했는지 붉은 피가 뚝뚝 떨어지는 생고기를 입에 물고 있다.

—카르르르.

환경이 생소했던지 잠시 주변을 둘러본다.

이내 나와 로이드를 발견하고는 살덩이가 끼인 누런 이빨을 드러내며 위협을 가해왔다.

"야! 그냥 똥개라며?"

—맞다누.

"저게 똥개야? 겁나 무서운데?"

—기다리라누. 똥개라도 먹이를 먹고 있을 땐 건드리면 안 된다누.

로이드 말대로 가만히 있자 입에 문 살덩이를 마저 씹는다.

오도독 오도독 뼈마디가 부서지는 소리에 소름이 돋았다. 솔직히 무서웠다.

허나 로이드는 태평히 지옥사냥개를 지켜보며 내게 손을 내민다.

"뭐?"

―하나 줘보라누.

"뭘?"

―육포 말이누.

"뭐 하게?"

―개새끼 길들이려면 맛있는 먹이 주는 게 제일이라
누.

길들인다는 말에 육포를 꺼내 주었다.

그러자 육포를 받아든 로이드가 성큼성큼 지옥사냥개
에게 다가서더니 찢은 조각을 던져주었고.

―크르르.

코앞에 던져진 육포 냄새를 맡은 지옥사냥개가 덥석 물
고선 잘근잘근 씹어 먹는다.

그러자 한걸음 더 다가선 로이드가 마저 남은 육포조각
을 던져주고는 머리를 쓰다듬었다.

그리고 그대로 등 위에 올라탔다.

―봤누?

고개를 끄덕일 수밖에 없었다.

무시무시한 위압감을 풍기는 악마였지만 한입거리도
안 되는 먹이에 강아지처럼 꼬리를 흔든다.

―지배 안 하누?

"길들인 거 아니야?"

―똥개지만 악마다누.

이해했다.

로이드와는 달리 지옥사냥개는 말 그대로 사냥개, 지능이 현저히 떨어지기는 똥개일 뿐이었다.

저런 식으로 먹이를 던져준 후, 경계심을 무너뜨린다면 정신을 지배하기가 더욱 쉽다.

주문을 외우자 지옥사냥개와 정신이 연결됐다.

'이리 와서 앉아.'

마음속으로 되뇌자 지옥사냥개가 다가오더니 강아지처럼 엎드려 꼬리를 흔든다.

'탈 수 있게 머리 숙여.'

역시나 머리를 숙이며 등을 내어준다.

마차보다는 불편하지만 그래도 탈것이 생겼다.

로이드가 먹잇감을 이용한 이유는 지옥에서도 그런 방법으로 지옥사냥개를 길들이기 때문이다.

다만 지배를 요구한 것은 간혹 주인의 말을 듣지 않고 본능에 따라 행동할 때가 있기 때문이라는 설명도 곁들였다.

오랜 세월을 살아온 악마답게 유용한 정보가 끊임없이 튀어나온다.

흑마법사의 길을 걷고 난 후 처음으로 상위 악마를 소환해 부릴 수 있게 됐다.

마차 대용으로 사용할 지옥사냥개라는 동반자가 하나 더 늘어나는 순간이었다.

그렇게 중간 중간 사냥을 하면서 천천히 영지를 향해 나아갔다.

"크럭— 인간, 가진 거 다 내놓는다."

그런데 영업 나온 뜻밖의 손님과 마주했다.

오크족의 주업은 사냥이지만 부업으로 여행객이나 소규모 상단을 대상으로 약탈을 자행하기도 한다.

그리고 아주 특수한 경우지만 때로는 대규모로 무리지어 인간이 거주하는 대도시를 공격해 엄청난 피해를 입힌다.

물론 그럴 경우는 대체로 권력이나 영토를 차지하기 위한 누군가와의 거래가 있었기 때문이다.

나와 로이드를 맞이한 건 여섯의 오크다.

특히나 선두에서 일행을 막은 놈은 광택이 날 정도로 깔끔한 판금갑옷을 착용했다.

다만 견갑과 흉갑, 각반을 살펴봐도 기사단을 상징하는 문양이 없는 것으로 봐서는 방랑기사가 착용했던 갑옷 같아 보였다.

주변을 둘러싼 놈들도 마찬가지다.

모두가 판금흉갑을 착용하고 대검과 방패를 들었다.

육체적 능력이 뛰어난 놈들답게 양손검인 대검을 한손검으로 사용한다.

즉, 오크전사들 중에서도 정예라는 뜻이다.

결코 쉬운 상대가 아니었기에 살짝 긴장했다.

─쟤들은 뭐누?

"보면 몰라?"

─산적이누?

애가 표현은 맛깔스럽게 한다.

"쟤들 보통내기가 아닌데 가능하겠어?"

─똥개가 있는데 뭐가 걱정이누?

물론 사냥하는 것을 지켜본 바로는 지옥사냥개가 강하기는 했다.

하지만 여섯의 오크전사를 상대하기엔 왠지 버거워 보인다. 게다가 가장 뒤쪽에 있는 놈은 샤먼, 오크 주술사다.

인간으로 치자면 마법사라는 뜻이다.

─크르르.

똥개도 위험을 느꼈음인지 누런 이빨을 드러내며 으르렁거린다.

"인간. 안 죽인다. 가진 거 몽땅 꺼내놓고 얼렁 간다."

선두에 선 놈이 다시 한번 위협을 가하며 지옥사냥개를 보고는 이채로운 눈빛을 보냈다.

"그놈도 내놓는다. 나 캉그르, 타고 다닌다."

지옥사냥개를 보고는 아주 마음에 들어 하는 듯 입꼬리를 말아 올린다.

─카라라라.

캉그르의 모습이 마음에 들지 않는다는 듯 지옥사냥개

가 꼬리를 치켜세웠다. 금방이라도 향해 달려들 기세다.

"있는 건 육포 몇 조각밖에 없다. 그리고 이놈은 소환수라 네가 타지도 못해."

"크럭— 인간. 그건 내가 판단한다. 그런데 돈은 없다?"

"5실버 정도 있는데 너네는 돈 쓸 곳도 없잖아?"

"물건 사려면 돈 필요하다. 우리 다른 곳도 가야 하니 바쁘다. 후딱 꺼내놓고 간다."

오크가 돈을 주고 물건을 산다는 건 처음 듣는 이야기다.

하긴. 몇백 년이 지났으니 그럴 수도 있을 터.

뭔가 새로운 느낌이다.

게다가 후딱 끝내고 다른 곳에 간다는 건 이놈들이 이 일대를 주기적으로 약탈한다는 뜻이었다.

한데 약탈을 하면서도 상대를 죽이지 않는다니 참 아이러니하다.

어쨌든 착한 오크 산적이 살려준다니 싸우지 않고 지나가는 것도 나쁘지 않았기에 배낭에 든 육포와 돈 주머니를 꺼내 던져 주었다.

—쯧쯧. 뭐 하누?

로이드가 내 행동을 보고는 혀를 찬다.

"저것만 주면 그냥 보내준다잖아."

—소환자가 참 순진하누.

순진한 게 아니라 위험을 피하자는 거였다. 괜히 싸운다고 힘 뺄 필요도 없었고.

한데 요상하게 로이드의 말이 맞아 떨어졌다.

육포와 주머니를 뒤져보던 캉그르가 비음을 길게 내뱉으며 인상을 찡그렸다.

그리고는 아주 한심하다는 시선으로 나를 본다.

"크르르, 크럭— 인간, 거지다?"

"……."

허허! 진심 허탈해지고 말았다.

내가 미개한 오크한테 거지냐는 비웃음을 듣게 되리라곤 상상조차 못했다.

뭐, 가진 게 없으니 어쩌겠는가.

그런데 사단은 전혀 엉뚱한 곳에서 벌어졌다.

캉그르가 육포를 바닥에 내동댕이친 것도 모자라 발로 밟아버린 것이다.

—크라라라.

동시에 지옥사냥개의 눈동자가 붉게 타오르더니 곧바로 돌진해 대가리로 박아버린다.

돌진스킬.

엄청난 속도로 달려가 강력한 박치기로 상대를 공격하는 기술이다.

무엇보다 무서운 건 대상이 된 목표물이 잠시 동안 움직이지 못한다는 점이다.

며칠 동안 사냥을 통해 알아본 결과 웬만한 몬스터는 한방에 보내버릴 정도로 강력한 스킬이었다.

물론 상위 몬스터일수록 받는 충격이 덜하지만, 연이은 공격에 대부분 지옥사냥개의 한끼 식사로 전락했다.

캉그르도 마찬가지다.

강력한 박치기를 당하자 족히 십미터를 넘게 날아 바닥에 처박히며 그대로 정신을 잃었다.

지옥사냥개가 바닥에 널브러진 캉그르를 보고는 고개를 빳빳이 든다.

—크럭.

그리고는 똑같이 비음을 내뱉더니 누런 이빨을 드러낸 채 입꼬리를 말아 올렸다.

—쿠루루루.

명백한 비웃음을 보내고는 바닥에 떨어진 육포를 씹었다.

그때 주술사 주변으로 강력한 바람이 일어남과 동시에 주변에 있던 오크전사들이 지옥사냥개를 향해 달려들었다.

—똥개야. 뭐 하누.

다급함을 느낀 로이드가 재빠르게 움직이며 오크 전사들을 향해 화염구를 날려 보냈다.

영업나온 오크(2)

임프는 기사조차도 따라잡기 힘든 움직임을 가졌고, 시간차가 느껴지지 않을 정도로 연속으로 화염구를 날린다.

임프의 무서운 점이다.

더구나 임프의 화염구는 인간 마법사나 오크 주술사가 발현하는 마법보다 더욱 농도가 짙다.

강력하다는 것.

거기에 임프가 가진 숨은 스킬이 '지옥의 업화'.

업을 태운다는 뜻으로 꺼지지 않는 불꽃이다.

지옥의 업화에 직격당하는 순간, 한줌의 재가 될 때까지 타오른다.

더구나 몸뚱이가 불타는 건 작은 고통.

업화는 내면의 정신세계마저 태우기에 더더욱 지독한 고통을 선사한다.

지은 죄가 많을수록 그 고통이 배가되는 아주 무서운 스킬이다.

"크아아!"

"으아악!"

오크 전사들이 고통스러운 비명을 내뱉었다.

그리고 나는 오크 주술사에게 '저주의 인'을 걸었다.

내가 가진 공격마법 중에서 가장 범용적인 스킬로, 현재는 '부패'와 '생명력 흡수' 두 가지를 사용할 수 있다.

부패는 몸속에 흐르는 피를 오염시켜 몸뚱이를 썩어가게 만든다.

시작은 미미하지만 제때에 해제하지 못하면 반드시 죽음에 이르는 무서운 스킬이다.

물론 진행 정도를 조절할 수 있어 굉장히 유용하다.

게다가 생명력 흡수는 저주에 걸린 상대의 생명력이 깎일 때마다 일정부분 시전자에게 활력으로 되돌아오게 하는 마법이다.

마나가 허락하는 한, 숫자에 상관없이 백명이든 천명이든 저주를 걸 수 있다.

대규모 전장에서 더욱 큰 활용도를 보이는 마법이다.

물론 지금처럼 소규모 전투에서도 흑마법사를 강력하게 만드는 독보적인 마법이다.

그런데 새로운 사실을 발견했다.

주술사가 발현하던 마법이 강제로 중단됐다.

원인은 지옥사냥개였다.

놀랍게도 놈은 한순간에 상대의 마법을 무효화시켜버리는 스킬을 가지고 있었다.

─쿠루루루.

또다시 입꼬리를 말아 올린 지옥사냥개가 천천히 주술사를 향해 다가갔다.

그리곤 순식간에 돌진스킬을 사용했다.

퍼더덕.

몸뚱이가 찢어지고 뼈마디가 부러지는 소리다.

캉그르와 마찬가지로 족히 십미터를 날아가 처박히더니 미동조차 없다.

절명.

"뭐야? 저거 엄청난 능력을 가진 놈이었어?"

주술사를 포함한 여섯의 오크를 보고는 살짝 긴장했던 게 어이없을 정도다.

─뭘 그리 놀라누?

"너도 알고 있었어?"

─당연하다누.

허……!

임프와 지옥사냥개가 보여준 강력함에 솔직히 감탄밖에 나오지 않았다.

만약 혼자서 오크들과 마주쳤다면 어떻게 됐을까?

주술사는 마법 공격을 가하는 것은 물론이고 치료까지 가능하기에 전투가 수월해지기 위해서는 가장 먼저 처리해야 한다.

그러나 전사들로부터 보호받는 주술사를 제거하기란 쉽지 않다.

혼자일 경우 전투 난이도가 급상승한다는 뜻이다.

물론 지지는 않겠지만, 굉장히 어려운 전투가 되었을 것이다.

—크르르.

지옥사냥개가 나를 본다.

자기가 사냥한 놈들이니 먹어도 되냐고 묻는 것이다.

"기다려!"

나 또한 노력에 대한 합당한 대가를 받아야겠기에 죽은 놈들의 몸뚱이를 뒤졌다.

"아, 이놈들 완전 거지네."

가진 거라곤 불알 두 쪽밖에 없는 오크들이다.

아! 정정해야겠다.

아직 죽지 않고 정신을 잃은 놈, 캉그르의 품속을 뒤지자 마법 주머니가 나왔다.

"이런 잡놈을 봤나!"

오크 주제에 마법 주머니를 가지고 있어 너무 기쁜 나머지 내뱉은 욕설이다.

마법 주머니의 가격은 평균 30골드 내외다.

일반 평민가정의 3년 치 생활비에 해당할 정도니 얼마나 비싼가.

물론 마법 배낭은 더 비싸고.

그리고 더욱 놀란 건 겹겹이 포장된 채 마법 주머니 속에 들어 있는 살트였다.

동일 무게의 금보다 비싼 기호식품으로 없어서 팔지 못할 정도다.

―어어! 그거 소금 아니누?

"소금?"

―그렇다누. 지옥에서는 그렇게 부른다누.

"그곳에서도 귀한 거야?"

―당연하다누. 소금 광산만 가져도 엄청난 부자가 된다누.

그러면서 탐욕이 가득한 시선으로 손에 들린 소금을 바라본다.

―크르르.

지옥사냥개 또한 마찬가지다.

"맛 좀 볼래?"

―크루루루.

놈이 기분 좋다는 듯 꼬리를 흔들며 곧바로 혓바닥을 내밀었다.

아주 조금 혓바닥에 올려주니 낼름 입속에 집어넣고는 맛을 음미한다.

로이드 역시 마찬가지다.

"으으으으……."

솔트의 짭짤한 맛에 도취되어 천상을 거닐고 있을 때 옅은 신음과 함께 캉그르가 깨어났다.

—크르르.

지옥사냥개가 넓적한 발로 가슴을 짓누르고는 입맛을 다신다.

이미 품속을 뒤진 만큼 산 채로 잡아먹겠다는 뜻이었다.

불쌍한 놈. 괜히 깨어나서 고통 속에서 죽게 생겼다.

"히끅! 나 아직 안 죽었다?"

놈의 말을 무시하고 고개를 끄덕이자 지옥사냥개가 아가리를 벌린다.

뾰족한 이빨 사이로 끈적끈적한 액체가 떨어져 캉그르의 면상을 적셨다.

"인간아! 나 살려준다. 좋은 거 준다."

"이미 네 품속에 있는 것 다 챙겼는데?"

마법 주머니를 보여주며 허공에 던졌다가 받기를 반복하자 죽기는 싫었는지 곧바로 새로운 제안을 해왔다.

"살려만 준다. 캉그르, 노예도 좋다."

전투에 패할지언정 목숨은 구걸하지 않는 진정한 전사

종족이 오크라고 알려졌다.

헌데도 이놈은 명예는커녕 살기 위해 노예가 되기를 자청했다.

솔직히 노예로 데리고 다니는 것도 귀찮아서 죽이려고 했는데, 놀랍게도 놈 스스로 서리부족의 후계자라는 사실을 밝혔다.

생각지도 못한 반전이었다.

살려준 캉그르가 훗날 서리부족을 이끄는 족장에 오른다면?

절로 웃음이 나온다.

그 사실을 알게 된 순간 캉그르와 종속의 인을 맺었다.

강력한 오크 부족을 통째로 부릴 수 있는 행운을 얻은 것이다.

* * *

타나리스 영지는 웬만한 공국보다 넓었지만, 5대 가문이 등을 돌리면서 그 크기가 대폭 줄었다.

뭐, 그렇더라도 타 영지와 비교하면 여전히 엄청나게 넓기는 하다.

나름 인구수도 많고.

문제는 특별히 돈이 될 만한 게 없다는 것.

영지의 수익을 책임지던 보석광산과 철광산 대부분이

가신 가문의 영지에 있었기 때문이다.

알짜배기가 사라졌다는 뜻이다.

게다가 테라모어 남서쪽에 존재하는 거대한 옥토마저 버려졌다.

내가 살던 시절에는 테라모어 평야로 불렸고 매년 엄청난 양의 곡물을 생산하는 식량의 주산지였다.

다만 넓은 늪지가 주위를 두르고 있어 매년 두 차례씩 몬스터 토벌을 진행해 농지를 보호해왔다.

한데 지금은 울창한 숲으로 변했다.

정확한 이유야 가문의 기록을 살펴보면 알 테지만 아마도 영지군의 전력이 약해지면서 몬스터를 막아내지 못한게 원인일 것이다.

영지 관문을 지나자 저 멀리 테라모어성이 보인다.

원래의 내가 아닌 이곳의 소영주라는 신분으로 수백년 만에 다시 찾는 곳이다.

"충! 소영주님을 뵙습니다."

"그래. 수고들 많아."

군례를 올린 병사의 안내를 받아 곧장 성주 집무실로 향했다.

영지의 관문을 지키는 중요한 성임에도 이곳에 상주하는 영지군은 채 삼백에도 미치지 못한다.

이정도 규모의 성이라면 최소 삼천, 많게는 오천까지 주둔하는 게 맞다.

예전에는 그랬다.

'확실히 몰락한 게 맞기는 하네.'

이 몸의 기억을 살짝 부정해 왔지만, 실제로 이곳의 사정을 접해보니 오히려 기억보다 더 했다.

당장 이곳만 보더라도 타나리스 가문이 얼마나 몰락했는지 단적으로 알 수 있다.

다만 성벽만큼은 단단하게 보수되어 있는 게 예상외랄까.

'아론이라.'

기사단장이면서 이곳의 성주로 근무하는 자다.

아, 기사단이라고 해봤자 몇 명 되지도 않는다.

예전의 삼족오 기사단은 10개 전대를 운용했다.

1개 전대가 백명이니 정규 기사단만 해도 천명이었다는 뜻이다.

그리고 예비 기사단까지 합하면 약 천오백에 달하는 기사가 타나리스 가문에 적을 두었다.

지금은 고작 열명이 넘는다.

"어서 오십시오. 소영주님."

"그간 잘 계셨지요?"

"덕분에 잘 지냈습니다. 그보다 못 보던 사이에 훤칠해지셨습니다."

"황도에서 놀고먹었더니 몸이 푸짐해졌습니다. 부끄럽습니다."

마법사들은 명상 외에 별다른 운동을 하지 않는다. 그러다 보니 아랫배가 살짝 튀어나오기는 했다.

물론 내가 생각하는 흑마가 되기 위해서는 육체적으로도 건강해야 한다.

그러려면 복근에 왕자 정도는 새겨야 하고.

"이런, 그런 뜻으로 말씀드린 게 아닙니다."

"하하. 압니다. 제 말은 영지로 돌아왔으니 열심히 움직이겠다는 겁니다."

빈말이 아니었다.

이 몸의 원래 주인이 원했던 것. 당대에 가문의 영화를 되찾겠다는 목표를 이루고자 찾아왔다.

차를 마시며 아론으로부터 지난 4년 동안 있었던 일에 관해 설명을 들었다.

이 몸의 아버지, 밀러 공작이 불구가 된 과정까지 모두.

"헤론입니다."

"들어오너라."

헤론이 도착했다.

기억을 더듬어보니 이 녀석과는 어려서부터 같이 자랐다. 그래서인지 대화를 나누는데 격이 없었다.

기억나는 대로 대했다.

"오랜만이야. 그동안 잘 지냈지?"

"나야 언제나 잘 지내죠. 그런데 왜 이렇게 빨리 오신 겁니까?"

"졸업식엔 참석 안 하기로 결정했거든."

"나 참. 졸업식이 마무린데 그냥 오시면 어쩝니까?"

"네가 보고 싶어서 빨리 왔으니 잔소린 그만하지."

헤론이 어이없다는 표정을 짓기에 살짝 웃어주었더니 그럼 그렇지 하는 표정으로 고개를 가로젓는다.

"마차가 준비됐으니 바로 출발하시죠."

"재촉하기는."

어차피 영주성까지 사흘은 더 가야 하니 한시라도 빨리 이동하는 게 나았다.

"허면 영주성에서 뵙겠습니다."

아론과 인사를 나누고는 곧바로 영주성을 향해 출발했다.

기억에 따르면 헤론 또한 마법사다.

테라모어성이 등 뒤로 사라져갈 즈음 궁금한 것을 물었다.

"너 몇 서클이야?"

"겨우 4서클에 올랐습니다."

"뭐? 4서클?"

무지하게 놀랐다.

이 몸과 한살 차이니 헤론의 나이는 열여섯.

기억에 따르면 이놈은 정식으로 마법을 배우지도 못했다.

이 몸의 원 주인이 영지에 머물던 자유마법사로부터 마

법을 배워 가르쳤다.

이 몸의 제자나 마찬가지다.

더욱이 이 몸이 가르쳐준 건 기초마법이 전부였다.

그럼에도 4서클이라니 하늘이 내린 천재는 눈앞에 있었다.

"너, 내가 없을 때 별도로 교육 받은 거야?"

"교육은요. 소영주님께서 일러주신 대로 죽자고 연습했죠."

"그래? 그럼 화염구 만들어봐."

헤론의 주위로 대기의 변화가 일어나더니 네개의 화염구가 생성됐다.

완벽한 4서클. 게다가 마나의 운용도 매우 안정적이다.

이놈을 제대로 가르치면 대마법사의 반열에 오르지 않을까 싶다.

'이놈을 마탑으로 보내야 하나.'

순간 고민이 됐지만, 뛰어난 재능을 가진 만큼 제대로 된 교육을 시키는 게 맞지 싶다.

"너 마탑에 갈래?"

"거긴 왜요?"

"마탑에서 제대로 배워보라는 거야."

"싫습니다."

"어?"

순간 당황했다.

큰 기회를 주는데도 일말의 망설임도 없이 거절해버린다.

"너 마탑이 어떤 곳인지 모르는 거야?"

"잘 알죠."

"근데 왜 안 가?"

"제가 그곳에 가면 또 떨어져 지내야 하지 않습니까? 이미 4년 동안 떨어져 지냈습니다만."

"허! 뭐냐? 너 게이야?"

"켁! 무슨 당치도 않은 말씀을 하십니까? 저 여자 무지 좋아합니다."

"근데 왜?"

이유가 황당했다.

아론 경이 절대로 내 곁을 떠나지 말고 보호하라고 그랬다나 뭐라나.

그리고 마탑이 너무 이기적이라 싫단다.

"정히 네 뜻이 그렇다면 할 수 없지. 대신 마법서를 구해 줄 테니 열심히 해봐."

"예전처럼 직접 가르쳐주시면 되는데 마법서가 왜 필요합니까?"

"너하고 난 걷는 길이 달라. 난 이번에 흑마법사가 됐다."

"예에?"

이번엔 헤론이 제법 놀란 눈치다.

스승의 유산

이유야 뻔하다.

"보여줄까?"

"아닙니다. 그보다 왜 흑마법사가 되신 겁니까?"

백마법사의 길을 걷다 갑자기 흑마법사로 전향했다면 그럴싸한 이유가 있어야 했다.

'뭐라고 해야 하나.'

"아카데미 도서관에서 마법서를 발견했는데 알고 보니 대마법사에 오른 흑마법사의 유품이지 뭐냐."

"와! 축하드립니다. 그러면 소영주님도 대마법사에 오르시겠네요?"

"장담은 못하지만, 가능하다고 생각해. 그래서 흑마법사로 전향한 거야."

"그러면 저도 흑마법사가 되렵니다."

뭐 이런 놈이 다 있나 싶다.

"너 그 말 진심이야?"

"당연하잖습니까? 저도 소영주님 따라 대마법사가 돼야죠."

"…흑마법사가 배척받는 거 몰라?"

"알죠. 그래도 대마법사가 될 수 있는 길을 포기할 순 없잖습니까?"

도대체 단순한 건지 똑똑한 건지 모르겠다. 하긴. 나 또한 같은 이유로 어둠의 마나를 받아들이긴 했다.

"새로운 마나를 받아들이는 게 쉽지는 않아. 죽을 수도 있고."

"설마, 제가 죽도록 내버려두진 않겠죠?"

원래 이렇게 저돌적인 놈이었는지 차분히 기억까지 더듬어봤지만 특별히 떠오르는 게 없었다. 아마도 떨어져 있는 동안 성격이 변한 것 같았다. 이러다가 요놈에게도 강제로 서클을 만들어주는 사태가 벌어지지 싶다.

"일단은 좀 더 생각해 보고 결정하자."

답을 주지 않고 미루었음에도 영주성으로 오는 동안 끊임없이 흑마법에 관해 물어왔다. 어쩔 수 없이 임프와 지옥사냥개를 소환해 보여주자 흑마법의 매력에 푹 빠져

버렸다. 지옥사냥개를 탄 내 모습이 졸라게 멋있게 보인 단다. 그렇게 티격태격하며 마침내 영주성에 도착했다.

저 멀리 망루에 나부끼는 삼족오기를 보니 감회가 새롭다.

한데.

'뭐야?'

놀랐다.

멀리서 봤을 땐 웅장했던 예전의 모습 그대로였지만, 가까이서 보니 그때의 영주성이 아니었다. 기대했던 모습은 사라지고 성벽 곳곳에 이끼가 자라고 이름 모를 넝쿨이 가득했다. 초라한 석성이 자리를 대신한 것이다.

걸음을 멈춘 채 눈을 감았다.

오랜 세월 영주성을 괴롭혔던 고난의 흔적이 보이고 날고 싶어 하는 삼족오의 울부짖음이 들린다.

"으하하하!"

내면 깊은 곳에서 광소가 터져 나온다.

또 다른 나, 루이가 터뜨리는 절규였다.

"소영주님?"

곁에서 지켜보던 헤론이 의아한 눈빛으로 바라본다.

"험. 오랜만에 고향을 돌아오니 기뻐서 그런 거야."

"그래도 전 미친놈처럼 웃진 않을 것 같은데요."

"…그만 들어가자."

영주성에 도착하자마자 곧바로 이 몸의 어머니이자 이

제는 나의 어머니가 된 공작부인을 찾았다.

"먼 길에 고생 많았지?"

"고생은요. 소식을 듣고도 찾아뵙지 못해 송구합니다."

"황도가 가까운 거리도 아니고 게다가 이미 지난 일이다. 마음에 둘 것 없다."

"예, 어머니."

"그보다 어엿한 장부가 됐구나."

"아직은 철부지일 뿐입니다."

4년 만에 만난 아들이 의연해졌다고 느끼신 것인지 어머니께서는 이야기를 나누는 내내 미소를 지으셨다.

허나 저 미소 뒤에는 아버지를 대신해 영지의 대소사를 관장하실 정도로 강단 있는 모습 또한 감추고 계신다.

"어미는 봤으니 이만 아버지께 다녀오너라."

"예, 어머니. 허면 나중에 뵙겠습니다."

어머니를 뒤로하고 아버지에게 도착하자 시녀가 수발을 들고 있었다.

시녀를 내보내고는 잠들어계신 아버지의 손을 잡았다.

'내 비록 이 몸을 빌었으나 진정으로 당신의 아들이 되어 모시겠소.'

진심을 담아 전달한 후, 상세를 살폈다. 아버지는 3년 전 사고를 당하신 후에 하반신 마비가 찾아왔다. 마나를 다루는 기사라도 위중한 상처를 입는다면 목숨을 잃거나 불구가 될 수 있다. 다만 아론의 설명을 들으면서 이해가 안 되는 부분이 있어 상세히 살펴볼 필요가 있다.

역시나 고위 사제가 치료했기에 겉으로 봐서는 상처나 질병의 흔적이 없었다. 그렇다면 저주일 수도 있었기에 유심히 살펴봤다. 허나 그도 아니었다.

스승의 경험과 지식을 모두 이어받은 6서클에 오른 흑마법사의 시선을 피해갈 수 있는 저주는 없다. 설령 대마법사가 저주를 내려도 마찬가지다.

허면 도대체 원인이 뭘까? 더군다나 아버지의 몸속에는 마나가 흐르고 있다. 일반인보다 훨씬 건강하다는 뜻임에도 육체가 점점 시들어간다. 이해되지 않는 현상이다. 몇 번이고 아버지의 몸을 살펴봤지만 원인을 찾지 못했다.

이건 뭐, 알려지지 않은 특이한 병에 걸렸거나 그도 아니면 악마의 소행으로 생각할 수밖에 없었다.

'어?'

그때, 갑자기 떠오르는 게 있었다.

'그래. 악마의 소행이라면 지금과 같은 증상이 나타날 수 있겠네.'

내가 생각하는 악마라면 충분히 가능성이 있다.

때마침 내게도 해박한 지식을 가진 악마가 있으니 확인해보면 될 일이다. 곧바로 로이드를 소환했다.

—아함! 자는데 왜 부르누.

"미안해. 급히 물어볼 일이 있다."

—뭐다누? 나 돌아가서 자야 되니 빨리 말하누.

"질병이나 저주에 걸리지도 않았는데도 몸이 시들어가는 이유가 뭐야?"

아버지를 가리키며 질문했다.

—누구누?

"아버지."

아버지라는 말에 하품을 멈춘 로이드가 사뭇 진진한 표정으로 살펴본다.

—나쁜 놈이누.

"벌써 알아낸 거야?"

—이건 그놈, 아니, 그년이다누.

역시나 예상한 대로다.

그래도 확인하고자 거듭 질문을 건넸다.

"몽마야?"

—몽마가 뭐다누?

"서큐버스나 인큐버스를 일컫는 말이야."

—그럼 맞다누. 서큐버스 그년이다누.

아버지가 깨어나지 못하도록 꿈속에 잡아둔 건 질병도 저주도 아닌 서큐버스였다. 게다가 대부분의 시간을 수면 상태로 보내고, 간혹 깨어나더라도 몽롱한 상태로 있다는 건 틀림없이 서큐버스의 농간이다.

—언제부터 이랬누?

"한 3년 가까이 됐는데."

—음… 이상하다누. 제아무리 강한 인간이라도 3년은 버틸 수 없다누.

로이드의 설명에 따르면 보통의 경우 두 달 안에 모든 정기가 빨리고 영혼까지 흡수당한다. 아버지께서 마나를 다루는 기사라도 장시간 버틸 순 없다.

"그럼 누군가가 시기를 조절한다는 거야?"

—그렇다누.

틀리지 않다. 제아무리 상급 악마라도 스스로 인간 세상에 나올 수 없으니 누군가가 소환했다는 말이다. 즉, 서큐버스를 이용해 아버지를 해하려는 흑마법사가 있다는 뜻이다.

"서큐버스를 물러나게 할 방법은 없어?"

—그년을 직접 죽이거나 소환자를 죽이는 방법밖에 없다누.

서큐버스를 소환해 부릴 정도라면 최소한 6서클 이상, 지금의 내 실력으로는 힘에 부치는 상대다.

그렇다고 이대로 두고 볼 수는 없다.

"나도 방법을 찾아볼 테니 너도 한번 알아봐."

—알았다누. 난 이만 자러 간다누.

로이드가 돌아가고 오랫동안 고민을 거듭했지만, 해답을 찾지 못했다. 다만 희망을 걸 만한 곳이 있었다.

그렇게 며칠을 보낸 후, 스승님과 내가 거주했던 주택

을 찾았다. 오랜 세월이 흐른 만큼 주변의 환경이 변했을 터. 찾는데 다소 어려움이 있을 것으로 생각했다. 허나 주변이 울창한 숲으로 변했지 크게 달라진 점은 없었다.

아름드리 둥치를 가진 나무가 하늘을 가리고 잡목이 우거져 길이 사라졌을 뿐 지형은 예전의 그대로다.

게다가 나무 크기로 봐서는 사람들의 발길이 끊어진지 족히 수백년은 된 것 같았기에 약간은 걱정이 됐다.

서둘러 잡목을 헤치고 나아가 주택에 도착하고 보니 걱정은 기우였다.

"하하하! 역시 스승님이야."

숲속에 떡하니 버티고선 커다란 바윗덩어리는 환영 마법으로 감춰진 주택의 모습이다. 대마법사가 설치한 마법진답게 오랜 세월이 지났음에도 변함없이 유지됐다. 다만 진을 해제하자 드러난 주택의 모습은 세월의 흐름을 피해 가지 못했다. 온갖 넝쿨이 주택을 차지해 주인행세를 했고, 문짝은 삭아 너덜거렸다. 주택 안은 발목까지 잠길 정도로 먼지가 쌓여 걸음을 옮기는 것조차 불편했다.

그래도 어린 추억을 회상하며 집안 곳곳을 둘러봤다.

빈틈없이 책장을 가득 채운 서적들, 때 묻은 가구와 식기들, 이드랏실 나무로 만든 침대, 가득한 먼지와 삭은 것을 제외하면 예전의 모습 그대로였다. 아마도 스승님께서는 제자를 위해 모든 걸 그대로 남겨두신 듯했다.

스승님의 마음이 느껴지자 가슴이 북받친다.

이곳에 오기까지 너무나 긴 시간이 걸렸다.

잠시 감정을 가라앉힌 후, 쥐들이 그랬는지 세월에 낡았는지 귀퉁이가 망가진 책장을 밀었다.

스승님의 실험실로 향하는 입구다.

그그그긍.

주문을 외우자 벽을 따라 둥글게 이어진 계단이 튀어나온다. 끝이 보이지 않을 정도로 깊은 지하로 내려가는 유일한 방법이다.

"라이트!"

원래 있었던, 허공에서 빛을 뿜어주던 마법등이 사라졌기에 스스로 주변을 밝히며 계단을 내려왔다.

지하에 도착하자 새록새록 기억의 파편이 떠오른다.

그리고 새로이 나를 맞이한 건 은은한 빛이 감돌며 신비롭고 몽환적인 느낌을 주는 칠흑 같은 연기가 뭉쳐 있는 그런 형태의 구체였다. 그것은 마치 살아 숨 쉬듯 커졌다 작아지기를 반복했다.

'차원홀인가?'

스승님께서 10서클에 오르시기 전 큰 깨달음을 얻어 발현한 마법. 아마도 두 세계의 경계를 비튼 차원홀일 거라 추측했다. 한데 의문이 든다. 이미 대마법사의 반열에 오르신 스승님의 수명은 자연종족인 엘프에 못지않다.

족히 칠백년 이상을 사신다. 차원홀이 존재함에도 주택을 이렇게 방치했다는 건 떠나신 후 돌아오지 않았다는 뜻이다.

"흠……."

미지의 세상에서 변을 당하신 것인가?

그도 아니면 일부러 돌아오시지 않은 건가?

궁금증을 풀려면 나 또한 차원의 틈을 통해 미지의 세상으로 가봐야 할 것 같다. 공동에서 나와 주택에 쌓인 먼지를 비롯해 잡풀과 넝쿨을 제거하며 청소를 끝냈다.

그런 후에 스승님께서 남겨두신 마법서를 뒤적였다.

삭아 내리지 않을까 걱정했지만, 다행히 보존마법이 걸려 있어 오랜 세월이 지났음에도 처음의 것처럼 멀쩡했다. 원하는 것을 당장에 찾을 순 없지만, 수천 권의 책속에 틀림없이 해답이 있을 터였다. 그리고 차원홀과 연결된 미지의 세상에도 가보고 싶어 헤론과 테론을 불렀다.

다음 날.

테론은 헤론의 동생으로 기사가 되는 것을 목표로 검술을 수련 중이다. 헤론도 그렇지만 테론 또한 이미 오러를 다룰 정도로 검에 대한 재능이 뛰어나다. 게다가 얼마나 단련했는지 몸뚱이가 돌덩이처럼 변해 탄탄한 근육을 지녔다. 보고 있어도 든든한 느낌을 받는다.

차원홀 너머에 있는 미지의 세상을 알아보려면 적어도

며칠은 걸릴 터, 충분한 준비를 갖추어야 한다.

"헤론은 마법 주머니에 식량하고 필요한 것들을 챙겨."

"와! 마법 주머니를 갖고 계셨어요? 이거 비싼 거 아니에요?"

"마음씨 좋은 오크를 만나 얻은 거야."

"헐! 요즘 오크는 마법 주머니까지 가지고 다니나보죠?"

"못 믿는 거야?"

"말이 되는 소리를 하셔야죠."

"그렇기는 하지."

마법 주머니에 식량과 야영에 필요한 장비들을 챙겨 공동에 도착했다.

검은 덩어리를 본 헤론의 눈빛이 반짝인다.

"와! 던전의 출입구가 저렇게 생겼군요."

"그래. 내가 찾은 던전이야."

"저… 소영주님?"

"왜?"

"혹시라도 검술 서적이 나오면 저에게도 보여주셔야 합니다."

"물론이지. 던전을 탐험해서 보물이 나오면 영지를 위해 사용하고 검술서가 나오면 네가 가지도록 해."

"감사합니다."

아직 차원홀에 관한 말을 꺼낼 단계가 아니었기에 던전
을 탐험한다고 둘러댔다.

"들어가자."

테론이 거리낌 없이 검은 덩어리를 만졌고, 헤론이 뒤
따랐다.

미지의 세상(1)

찢어진 차원의 경계를 통과하는데 살짝 긴장되기는 했지만 별다른 일은 일어나지 않았다.

그저 끝없이 펼쳐진 별들의 바다를 유영하는 느낌을 찰나의 순간에 받았을 뿐이다.

처음으로 미지의 세상에 발을 디딘 곳은 동굴이다.

천정에서 뻗어 내린 수많은 종유석이 은은한 빛을 받아 이색적인 분위기를 자아냈다.

"갈까요?"

"그래. 조심하고."

테론이 검과 방패를 들고 앞장섰다.

동굴을 빠져나오자 주변은 울창한 숲이었다.

수많은 별과 함께 달빛이 드리운 밤. 저쪽 세상과 별다른 차이가 없다.

한참동안 주변을 훑어봤지만 보이는 거라고는 작은 짐승뿐, 위험한 몬스터는 존재하지 않았다.

"어? 날이 밝아옵니다."

테론의 말대로 동쪽하늘이 붉게 변하고 있다.

던전이라고 생각했으니 놀랄 만도 하다.

"세상에! 던전에 밤낮을 만들어놓다니 엄청난 마법입니다."

헤론 역시 놀라움을 표현했다.

"이곳은 말로만 듣던…! 시공간을 왜곡해 던전 내부를 꾸민 것 같습니다. 분명 대마법사가 만든 던전입니다."

"제가 봐도 그렇게 보입니다. 이곳을 셋이서 탐험하는 건 굉장히 위험할 것 같습니다."

자신감에 넘쳤던 처음의 모습과는 다르게 헤론과 테론은 큰 위험을 걱정했다.

정말로 던전이었다면 나 역시 곧바로 탐험을 포기하고 더 많은 준비를 한 다음에 왔을 것이다.

허나 던전이 아니었기에 이대로 돌아갈 순 없었다.

최소한 이곳의 정보라도 얻어가야만 한다.

"시야가 확보되면 멀리까지 볼 수 있으니 좀 더 돌아보고 결정하자."

중간 중간 플라이 마법을 이용해 주변을 관찰하면서 탐험을 계속해나가자 드디어 인력으로 만든 도로가 나타났다.

셋의 눈동자가 둥그레졌다.

도로는 흙을 다지거나 얇은 석판을 깔아서 만든 게 아니라 시꺼멓게 생긴 단단한 물질로 포장해놓았다.

깨끗했다.

그리고 중앙에는 알 수 없는 선이 길게 이어져 있다.

"도로 중앙에 선을 그어놓은 이유가 뭘까?"

"던전이 넓은 만큼 내부를 안내하는 표시가 아닐까요?"

"제 생각도 헤론과 같습니다. 무작정 헤매기보다는 선을 따라 이동하는 게 좋겠습니다."

"그런데 어느 쪽으로 가야 해?"

"저기에 방향을 가리키는 표시가 있습니다."

테론 말대로 방향을 가리키는 여러 개의 표시가 있었기에 고심할 이유가 없었다. 둥글둥글 굴곡진 도로를 따라 이동하자 생각지도 못한 경치까지 감상할 수 있었다.

탁 트인 시야 아래로 하얀 안개바다가 펼쳐지고 바람을 따라 뭉게구름이 흘러간다. 몬스터만 존재하지 않는다면 정말이지 아름다운 세상일 것이다.

허나 그 생각은 여지없이 무너졌다.

도로를 따라 하염없이 이동할 때 앞쪽에서 아주 괴상한

몬스터가 큰 소리를 내지르며 빠르게 다가왔다.

처음 보는 몬스터다. 마차바퀴처럼 둥근 네 개의 발을 가졌고, 커다란 눈이 달려 있어 무섭게 생긴 모습이다.

게다가 위협을 가하듯 번쩍번쩍 눈을 멀게 할 정도로 밝은 빛을 뿜어내며 곧바로 돌진해왔다.

"옆으로 물러나!"

테론이 방패를 들고 마주하자 급하게 소리쳤다.

무시무시한 속도로 보아 방패로 막다가는 엄청난 충격을 받을 게 명백했기에 한쪽으로 비키도록 한 것이다.

부우웅.

빠아아앙!

테론이 비켜서자 몬스터가 지나가면서 귀가 먹을 정도로 커다란 괴성을 질렀다.

어찌나 놀랐던지 발현 중이던 마법이 취소될 정도였다.

다행히 크게 소리만 내뱉고 지나갔기에 망정이지 하마터면 그대로 당할 뻔 했다.

그런데 끝이 아니었다.

빠앙! 빠빠빠앙!

연이어 또 다른 몬스터가 다가오면서 크게 포효를 내질렀다. 깜짝 놀란 테론이 마나를 활성화시킨 채 방패를 들고 마주했다. 일순간 아지랑이처럼 진한 마나가 방패를 감싸고 헤론의 머리 위로 이글이글 타오르는 세 개의 화염구가 모습을 드러냈다. 나 또한 테론에게 황급히 쉴드를 전개해주며 몬스터와의 전투에 대비했다. 그런데.

끼이이익.

순식간에 다가온 몬스터가 찢어지는 소리를 내며 멈추더니 놀랍게도 인간이 고개를 내밀었다. 그가 황당한 표정을 짓더니 이내 매우 화난 얼굴로 삿대질을 하며 무어라 떠들었다. 그리고는 절레절레 고개를 가로젓더니 다시금 몬스터를 타고 휑하니 가버린다.

"허……!"

탄식이 절로 나왔다. 무서운 몬스터라고 생각했지만, 놈은 인간이 길들여 타고 다니는 애마와 같았다.

게다가 방금 삿대질을 하고 가버린 자의 생김새. 처음으로 마주한 이 세상의 인간은 이제껏 본 적이 없던 검은 머리카락을 지녔다. 게다가 그가 구사한 언어 또한 대륙에서 사용하는 공용어도 아니다.

"소영주님?"

헤론이 의문이 가득한 시선으로 바라본다.

"저도 이상합니다."

테론도 마찬가지다. 이드리스 대륙의 인간이 사용하는 언어는 아제로스어다. 물론 장인종족이 사용하는 마카마어와 자연종족이 사용하는 엘룬어도 있지만, 서로 다른 종족과 대화할 때면 대륙 공용어인 아제로스어를 사용한다. 그런데 지나간 인간은 이드리스 대륙에 존재하지 않는 전혀 생소한 언어를 구사했다.

심지어 오크어도 아니다. 다른 생김새와 생소한 언어. 헤론과 테론이 의문을 가질 만도 하다.

겉으로 표현하지는 않았지만 나 또한 흥분했다.

미지의 세상에도 인간이 살아가고 있었다. 방금 벌어진 일로 인해 각자가 여러 가지 생각을 떠올리며 한참을 이동하자 이번에는 제법 큰 시가지와 마주했다.

"우와!"

"와! 저길 보세요."

놀랄 수밖에 없었다.

헤론이 가리키는 곳엔 안이 훤하게 들여다보이는 투명유리로 장식한 상점이 쭉 뻗은 채 도로를 따라 늘어섰다.

투명유리는 워낙에 귀해 황궁이나 아주 부유한 귀족, 상인이 사용하는 매우 값비싼 물건이다. 그런 귀한 투명유리를 이곳은 건물마다 층층이 장식했다.

거기다 하늘 높이 치솟은 건물은 할 말을 잊게 했다.

헤론과 테론은 연신 감탄을 내뱉으면서도 표정만큼은 지금의 상황을 납득하지 못했다.

"던전에 저렇게나 많은 건물이라니요. 게다가 수많은 인간이 있을 리 없잖습니까?"

"맞습니다. 저들의 옷차림을 보십시오. 던전에 오면서 아무런 무기도 지니지 않았습니다."

누가 봐도 의심이 될 만한 상황이었다.

던전이라기엔 너무 넓었고, 이런 시가지가 존재한다는 자체도 말이 안 되니까.

서둘러 인적이 없는 곳으로 이동했다.

"소영주님께서는 이곳이 어디라고 보십니까?"

기다리는 질문이 나왔다.

"일단은 추측인데……."

말끝을 흐리자 테론이 재촉했다.

"내 생각엔 던전 입구라고 생각한 검은 덩어리가 다른 세상과 연결된 통로였던 것 같아."

"저도 던전은 아니라고 생각합니다. 소영주님 말씀대로라면 차원을 이동했을 수도 있겠습니다."

"그럼 우리가 다른 세상에 왔다는 거야?"

"그래. 너도 보다시피 이곳은 던전이 아니야. 그렇다고 우리가 사는 세상도 아니니 다른 세상일 확률이 높지 않겠어?"

헤론은 차원을 이동해왔다고 확정하듯 말했다.

"성급히 결론을 내리기보다는 조금 더 둘러보는 건 어때?"

헤론과 테론이 동의했다.

금발에 검고 푸른색의 눈동자를 가진 우리의 외모는 이곳에서 살아가는 인간들과는 많이 달랐다.

더구나 테론은 전투에 나서는 기사의 차림새다.

검과 방패를 들고 갑옷을 착용한 모습으로 돌아다닐 순

없기에 일상복으로 갈아입었다.

그래도 튀어 보인다.

하지만, 이곳을 둘러봐야만 하는 이유가 있다.

이곳은 몬스터를 조련해 타고 다닐 정도로 발전한 세상이고 귀한 투명유리를 층마다 장식할 정도로 부유하다.

원래의 이 몸이 원했던, 타나리스 가문을 부흥시키기 위해서는 먼저 영지가 부유해져야 한다.

어쩌면 영지가 처한 어려운 사정을 벗어날 수 있는 길이 이곳에 있을 수 있기 때문이다.

"네 생각은 어때?"

"세상을 둘러보진 않았지만 이곳을 살펴본 것만으로도 능히 짐작이 가능합니다. 저도 방안을 찾아보겠습니다."

"고맙다. 헤론."

헤론이 동의하자 테론은 두 눈을 부릅뜬 채 선두에 서며 행동으로 보여주었다. 가장 먼저 관심이 간 건 아무런 미동 없이 도로변에 늘어선, 이곳의 인간이 타고 다니는 몬스터였다. 무섭게 생겼지만 무엇 때문인지 옆을 지나쳐도 가만히 있다. 호기심이 동한 헤론이 만져봤다.

"어? 몬스터에게서 생명력이 느껴지지 않습니다."

그랬다. 실제로 만져보니 살아 있는 생명체가 아니다.

그렇다면 인간이 타고 다니는 기물이라는 뜻. 이 세상은 도저히 흉내조차 낼 수 없는 고도로 발전된 마법 문명을 보유하고 있었다.

가만? 문득 의문이 떠오른다. 설마, 스승님께서 돌아오시지 못한 이유가 이곳의 마법사들에게 변을 당하셨기 때문일까? 고개를 저었다. 아닐 것이다.

당시의 스승님께서는 이미 대마법사의 단계를 지나 신의 반열을 바라보시던 분이시다. 감히 그런 분을 그 누가 다치게 할 수 있을까. 백번 양보해 어려움에 처하더라도 몸을 빼내는 것은 어렵지 않다. 분명히 알지 못하는 다른 이유가 있을 것이다. 그보다 이곳의 마법수준이 이 정도라니 내 수준이 한심해 보였다.

"휴우······!"

행여나 스승님을 만나게 되면 면목이 서지 않을 것 같아 나도 모르게 한숨을 내뱉었다.

그런 내 모습을 보고는 헤론이 안쓰러운 표정을 지었다.

"그래도 우리가 살아가는 세상에서는 소영주님 나이에 대단한 성취를 이룬 겁니다. 너무 상심해하지 마십시오."

"헤론의 말이 맞습니다. 이곳의 마법 수준이 높은 건 알겠지만 이 세상을 모두 둘러보진 않았습니다. 미리 낙담하실 필요는 없습니다."

내 속도 모르고 덩달아 테론까지 위로를 건넸다.

"그래. 말만이라도 고맙다."

정말로 모든 게 신기한 세상이었지만, 특이한 차림새와 금발에 푸른 눈을 가진 우리의 외모 또한 이곳 사람들의 시선을 끌기에 충분했다. 그렇게 사람들의 시선을 애써 무시하며 시가지를 구경하고 다녔다.

"와! 냄새 한번 죽입니다."

시가지를 돌아다니다 잠시 휴식을 취할 때 한번도 맡아보지 못한 기막힌 냄새가 풍겨왔다.

순식간에 허기가 찾아올 정도였다.

"그러게. 도대체 무슨 음식일까?"

"우리도 식사를 해야 하니 냄새를 따라 가볼까요?"

"그렇게 하죠. 냄새를 맡으니 배가 고파서 서 있지도 못하겠습니다."

"그래, 가보자."

풍겨오는 냄새를 쫓아 도착한 음식점엔 제법 많은 이들이 식사를 하고 있었다.

"저겁니다."

테론이 가리키는 곳엔 장년으로 보이는 이가 홀로 음식을 즐기고 있다.

후루룩.

그가 작은 나무막대기를 이용해 한입씩 흡입할 때마다 꽈배기처럼 생긴 가느다란 음식이 한 뭉텅이 빨려 들어간다.

꿀꺽. 꿀꺽. 츠럽.

젠장, 무슨 냄새가 이리도 달콤한지.

"들어갈까?"

"돈이 없는데요?"

"아……!"

"그냥 먹고 난 후에 도망치죠."

퍽!

테론이 도저히 참지 못하겠다는 듯 무전취식을 주장하자 헤론이 거침없이 뒤통수를 때린다.

"우리가 거지야?"

"우리가 가진 돈으로 사먹을 수 없으니 그러지. 넌 안 먹고 싶어?"

"억수로 먹고 싶지. 그래도 그건 안 되는 거야."

헤론도 입맛을 다시며 아쉬워했다.

"에이! 그냥 가자. 다음에 올 땐 내가 꼭 사줄 테니 이번 엔 참아."

도무지 걸음이 떨어지지 않았지만, 그래도 어쩌랴.

이곳에 있다간 미쳐버릴 것만 같았다. 아쉬움을 뒤로하고 이동한 곳은 시가지를 돌아다니며 봐둔 공원이다.

깨끗하게 조경이 된 곳으로 많은 이가 별다른 제재를 받지 않고 드나들었기에 눈여겨봐둔 장소다.

미지의 세상(2)

인적이 뜸한 구석에 자리 잡고 서둘러 식사를 준비했다. 테론이 주변에 있는 나무를 베어 장작을 만들었고, 헤론이 화염을 일으켜 불을 피웠다.

시커먼 연기가 퍼져나가자 산책 중이던 사람들이 인상을 찌푸리는 게 보였지만 깔끔하게 무시했다.

수프를 끓인 다음 밀을 빻아 반죽한 빵을 굽자 달콤한 냄새가 진동한다.

꽈배기처럼 생긴 음식이 풍기던 냄새에 비할 바는 못되지만 그래도 허기가 졌기에 맛은 있었다.

"누가 뭐래도 밖에서 먹는 음식이 제일 맛있습니다."

"테론이 요리를 해서 그런 거야. 네가 했다면 수프는 밋밋한 맛이었을 테고 빵은 반쯤 타버렸겠지."

"나 참. 매번 맛있다고 치켜세우던 분이 누구였지요?"

"그거야 맛이 없다고 하면 네가 삐질 게 아니냐."

"그렇다는 말이지요."

"잔말 말고 차나 끓여봐. 네가 끓이는 차 맛은 일품이야."

"맛이 없다면서 매번 시키는 것은 무슨 심보죠?"

"차 맛은 좋다고 했잖아"

허기진 배를 채우고는 셀렌티 잎으로 우려낸 차를 마시며 주변을 둘러봤다.

아이의 손을 잡고 산책을 즐기는 가족, 공원을 거니며 밀어를 속삭이는 선남선녀, 이상한 기구에 매달려 땀 흘리는 저들의 일상은 너무도 여유롭고 평화로웠다.

부러웠다.

눈앞에 펼쳐진 일상은 꿈꾸고 싶은 영지의 모습이다.

"저들이 부럽습니다."

"그래. 너무나 평온해 보이지?"

"…예."

이 세상 사람들의 일상을 구경하며 감상에 젖어 있을 때 '삐이익', '삐이익' 날선 소리가 들려왔다.

무슨 일이 일어났는지 궁금해 살펴보니 제복을 착용한 자들이 몰려오는 게 보였다.

그런데 방향이 이상하다.

주변을 둘러봤지만 이곳엔 우리 말곤 아무도 없다.

"설마, 우리한테 오는 건 아니겠지?"

"곧바로 달려오는 걸 보니 설마가 맞는 것 같은데요."

"갑자기 뭐지?"

"혹시 우리 차림새를 보고 누군가가 첩자로 신고한 게 아닐까요?"

이곳을 하루 종일 돌아다녔음에도 뒤늦게 잡으러 온다는 게 이상했지만, 테론의 추측 외에는 타당한 이유가 없어 보였다.

삐이익. 삐익.

더욱 가까워지자 손으로 우리를 가리키며 알 수 없는 말로 소리친다.

설마가 현실이 됐다.

"야! 빨리 튀자."

괜히 잡혔다간 곤란한 일을 당할 수 있으니 열나게 도망쳤다.

그러면서도 제복을 입은 자들이 쫓아오는 길목에 '슬립(slip)' 마법을 발현해 바닥을 미끄럽게 만들었다.

다행히 마법이 발현된 것을 눈치채지 못했는지 우르르 넘어진다.

덕분에 어렵지 않게 쫓아오는 자들을 따돌렸다.

"헉헉, 야야! 그만 달려."

워낙에 육체를 단련하지 않아서인지 조금만 달려도 숨이 턱까지 차오른다.

"에구! 죽겠네."

그대로 바닥에 퍼질러 앉아 호흡을 가다듬자 헤론이 안타까운 표정을 지었다.

"도대체 아카데미 생활을 어떻게 보내신 겁니까?"

"그러게요. 운동 좀 하셔야겠습니다."

형제들이 쌍으로 핀잔을 준다.

하긴. 겨우 이 정도 달렸다고 퍼지는 건 내가 봐도 문제가 있다.

조만간에 몸만들기 프로젝트를 시작할까 싶다.

어쨌든 한바탕 뜀박질을 하고 나자 어김없이 어둠이 찾아왔다. 그런데.

"허……!"

당연히 어둠에 묻혔어야 할 시가지가 대낮처럼 환해졌다.

"헉! 소영주님?"

"우와! 마법등입니다. 온 세상이 마법으로 빛납니다."

헤론과 테론이 놀라며 소리쳤다.

그랬다. 이곳은 밤이 되면 마법등으로 불을 밝히는 세상이었다. 사람들의 깨끗한 피부와 멋스러운 차림새를 보고 부유한 세상이라 짐작했지만, 이 정도일 거라고는 생각하지 못했다.

게다가 더욱 놀라운 건 마법등에서 마나의 기운이 느껴지지 않는다. 마나를 사용하지 않고도 빛을 내다니 정말이지 대단한 마법을 가진 세상이다.

도로를 따라 이어진 수많은 마법등과 휘황찬란하게 번쩍이며 거리를 메운 갖가지 모양의 간판을 구경하느라 시간 가는 줄도 몰랐다.

도저히 잠들 수 없는 꿈같은 밤이었다.

그렇게 미지의 세상에서 맞이하는 첫날을 뜬 눈으로 보내며 우리는 앞으로의 일을 논의했다.

우선 이 세상에서 뭔가를 얻어가려면 말이 통해야 했다. 가장 시급히 해결해야 할 문제는 언어를 깨우치는 것이었다.

"이곳의 말을 빠르게 배우는 방법이 없을까?"

"그냥 아무나 한사람 납치해서 데려가죠."

헤론이 어이없다는 표정을 지었다.

"야! 무식한 소리 좀 하지 마라."

"뭐가 무식해? 은밀하게 한사람만 납치하면 끝나잖아. 안 그렇습니까?"

"쯧쯧! 내가 봐도 무식해 보인다."

"죽이자는 게 아닙니다. 그냥 납치해서 말만 배우고 돌려보내면 되잖습니까?"

"에라이! 무식한 놈아. 납치한 사람이 우리말을 모르는데 어떻게 배우냐? 우리말을 가르쳐서 배워? 어느 세월에 배워?"

"…시벌! 의견을 말한 것뿐이잖아."

"어이구, 저 돌대가리. 누가 물어보면 내 동생이라고 하지 마라."

"염려 마라. 나도 너 같은 형은 필요 없다."

"그만해! 누가 형제 아니랄까 봐 하는 짓이 똑같아. 헤론 네가 말해봐."

"제 생각엔 그냥 저들과 어울리면서 배우는 것 말곤 다른 방법이 없어 보입니다."

"아무래도 그렇겠지? 그러면 우리 중에 한사람이 남아서 이곳의 말을 배우는 건 어떨까?"

"예에?"

헤론과 테론이 동시에 소리쳤다.

"왜? 뭐가 잘못됐어?"

"이곳은 우리 세상과는 전혀 다른 곳입니다. 어떻게……."

"그러면 다른 방법이 있어?"

"……."

"없지? 그러면 이곳에 남아 언어를 배워야지. 안 그래?"

"그렇기는 합니다만."

"그런데 왜 못마땅한 표정이야? 헤론?"

"……."

"테론?"

"……."

"오호! 답이 없는 것을 보니 명을 따르지 않겠다는 거네. 좋아. 내 영지로 돌아가 아론 경에게 오늘 일을 말하고 따져봐야겠다."

"헉! 너무하십니다. 아버지께 말씀드리면 저희는 그날로 죽음입니다. 잘 아시면서."

"그랬어? 난 전혀 모르고 있었네. 이제라도 알았으니 더더욱 따져봐야겠어."

아론을 걸고 넘어가자 헤론과 테론이 체념한 표정을 지었다. 정말로 명을 따르지 않았다고 고자질한다면 최소한 아작이고 잘못하면 불구다. 차라리 몬스터가 존재하는 숲속에 남으라면 두말없이 따르겠지만 왠지 낯선 세상에 홀로 남겨지기는 싫었다.

"테론, 네가 남아라."

"왜 내가 남는데? 네가 남아라."

"내가 형으로서 남고 싶지만 곁에서 한시도 떨어지지 말고 보필하라는 아버지의 엄명이 있었다. 그러니 나는 소영주님을 따라 다녀야 해. 설마 아버지의 말씀을 거역하지는 않겠지?"

"난 못 믿겠다. 너 같은 찌질이가 어떻게 소영주님을 보필한다는 거야."

테론이 믿지 못하겠다는 듯 질문을 건네 왔다.

"정말입니까?"

"흠, 네 말대로 헤론이 찌질한 것은 맞지만 아론 경이 그렇게 말한 것도 사실이야."

"……."

"생각해보니 너에게 중책을 맡겨야겠다. 너도 알다시피 헤론이 조금 찌질하잖아."

순간 테론의 표정은 일그러졌고, 헤론의 표정은 활짝 펴졌다.

"검을 꺼내라. 헤론."

헤론이 검을 꺼내자 테론이 오만 인상을 찌푸리며 무릎을 꿇었다. 아주 근엄한 표정을 지은 채 검으로 테론의 어깨를 두드리며 명을 내렸다.

"테론에게 명하노니 영지를 위해 이곳의 언어를 배우도록 하라."

"…주군의 명을 받듭니다."

"좋다. 이번 임무만 완수하면 너를 정식기사로 임명하겠다. 나 루이의 이름으로 약속한다."

"가, 감사합니다, 주군."

임무를 마치면 정식기사로 임명하겠다는 약속에 그제야 활짝 미소 짓는 테론이다. 어둠이 물러가자 이 세상도 어김없이 새로운 하루가 시작됐다.

어제와 마찬가지로 이곳저곳을 돌아다니며 영지에 도움이 될 만한 것들을 알아보았다. 그러던 중 헤론이 이곳의 서적을 가져가 연구해보는 것도 좋겠다는 의견을 내 그림으로 설명되어 있는 책들을 챙겼다.

물론 돈을 주고 산 것은 아니다. 헤론은 서점에서 그림 으로 설명된 책이 보이면 몰래 마법주머니에 담아서 나 왔다. 루이가 어이없다는 표정을 짓자.

"예로부터 책 도둑은 도둑이 아니라고 배웠습니다."

"…그렇지. 책 도둑은 도둑이 아니었지."

영지를 위해 도둑질을 하겠다는데 뭐라고 할 수도 없 고.

점원 혼자서 장사하는 상점에 들어가 슬립마법으로 재 우고는 치수에 맞아 보이는 옷도 여러 벌 챙겼다.

의외로 저런 쪽에 재주를 보이는 헤론이다.

"옷을 훔쳐도 도둑질이 아닌 거였어?"

"어? 소영주님께서 금화를 놓아두신 줄 알았죠. 돈을 안 주셨어요?"

시침을 뚝 떼는 헤론이다. 그렇게 며칠 동안 이 세상을 둘러보면서 눈에 보이는 물건을 있는 대로 챙겼다.

마침내 돌아갈 시간.

다음 방문 때는 훨씬 오래 이 세상에 머물 것이다.

시간적인 여유를 가지고 이 세상을 둘러본 후 차분히 다음 계획을 세워나가고자 결정했다.

"그러면 너만 믿고 가겠다. 한달 후에 이곳에서 보자."

"걱정 마시고 다녀오십시오."

의외로 담담한 테론이다.

"헤론. 아버지께 말씀드리고 소영주님 잘 모셔라."

"알았다. 동생을 혼자 두고 가려니 형의 마음이 아프다. 한달 후에 보자."

공원 바닥에 순간이동 마법진이 그려졌다. 마법진 위에 올라서 마나를 활성화시키자 순식간에 처음에 도착했던 동굴로 이동했다. 야속하게도 테론은 이곳의 언어를 깨우쳐야 한다는 절대적인 임무와 함께 혼자 남겨졌다.

소영주에게는 자신 있게 말했지만 사실 막막했다.

나이 열다섯이면 테론의 세상에서는 어른 몫을 해야 하지만, 처음 보는 세상에 홀로 남겨지니 불안한 마음이 들지 않을 수 없었다. 배를 굶지 않고 이곳에서 살아나가려면 당장 내일부터 일을 해야만 한다.

그러기 위해서는 일자리를 구해야 하고.

"에휴……!"

한숨이 절로 나온다.

차원홀이 있는 동굴에 도착하자 사실 테론이 걱정됐다.

"테론이 잘해낼지 걱정이네. 애가 조금 맹하잖아."

"아닙니다. 테론이 맹해 보이지만 머리가 비상합니다. 그리고 우리 중에 제일 튼튼하잖습니까."

"그렇지. 가장 중요한 건 튼튼하다는 거지. 그런데 테론을 두고 왔다고 아론 경에게 혼나지 않을까?"

"제가 잘 말씀드리면 되니 걱정 마십시오."

"알겠다. 너만 믿는다."

* * *

낙심했다. 하루 종일 일자리를 찾아봤지만 구하지 못했다. 옆에 있는 커다란 통을 들어 보이며 힘자랑을 해도 주인으로 보이는 자는 그저 고개만 흔들 뿐이다.

아무것도 먹지 못한 채 며칠 동안 공원 화장실에서 물만 마셨다. 호기 좋게 남겠다고 한 게 후회됐다.

원체 튼튼한 몸뚱이를 가졌기에 망정이지 그렇지 않았다면 벌써 죽었을 터.

오늘도 허기진 배를 물로 채웠더니 하늘이 노랬다.

이제는 일자리를 구하려고 돌아다니는 것조차 힘들어 길가에 퍼질러 앉았다. 배고픔을 잊고자 고개를 숙여 잠을 청했지만, 그것마저 허사였다.

그저 눈만 감고 있을 뿐이다.

그런 테론의 모습은 부랑자, 거지와 같았다.

쨍그랑.

그때 귓가를 울리는 경쾌한 소리. 분명히 동전이 떨어지는 소리다. 테론의 모습이 불쌍해 보였는지 지나가던 누군가가 동전을 던졌고, 그가 던진 동전이 또 다른 동전을 불러왔다. 계속해 동전이 쌓인다.

　동전이 떨어지는 소리에 살며시 눈을 뜬 테론의 눈동자가 흩어진 동전을 바라보며 심하게 흔들렸다.

　그렇다. 생각났다.

대단한 발견

테론이 사는 세상에도 거지는 있다.

거리를 지나가는 사람들은 구걸하는 거지를 위해 동전을 던져주고 거지는 그렇게 얻은 동전으로 음식을 사먹으며 살아간다.

드디어 배고픔을 이겨낼 방법을 찾았다.

가만히 동전을 모아 호주머니에 넣은 테론은 표현할 수 있는 최대한의 애처로운 표정을 지어보였다.

"어머! 어쩜 저렇게 표정이 애절할까!"

"외국인 같은데 너무 불쌍해 보이네!"

금발의 외국인인 테론의 외모가 구걸에 한 몫을 했는지

제법 많은 동전이 모였다.

돈을 보자 이제는 음식이 아른거린다.

도저히 참지 못하겠다는 듯 눈앞에 쌓인 동전을 챙겨 일어났다.

음식을 생각하자 벌써부터 입 안 가득 군침이 돌며 없던 힘마저 솟아났다.

저곳이다.

테론의 눈앞에 웅장한 자태를 드러낸 음식점. 온갖 맛나는 냄새를 풍기며 군침을 돌게 했던 원흉이다.

허나 들어서기 무섭게 쫓겨났다.

그뿐만이 아니다. 뒤이어 따라 나온 주인은 재수 없다며 소금까지 뿌렸다.

어이가 없다.

테론의 세상에는 상대가 거지더라도 돈만 지불한다면 배부르게 음식을 사먹을 수 있다.

하지만 어찌된 영문인지 이 세상은 음식점에 들어서지도 못하게 했다.

기분이 나빴지만 주인이 음식을 팔지 않겠다고 하니 뾰족한 수가 없었다.

"에이, 퉤! 퉤!"

그저 바닥에 침을 뱉으며 분풀이나 할 수밖에.

한데 주변에 흩어진 하얀 알갱이들이 테론의 시선을 사로잡는다.

급기야 테론의 눈동자가 심하게 요동치더니 곧바로 바닥에 흩어진 알갱이를 주워 맛을 본다.

"헉! 어떻게 이런 일이."

테론이 놀라 기절할 만했다. 식당 주인이 뿌린 것은 소금. 저쪽 세상의 용어로는 살트다. 살트는 저쪽 세상의 모든 종족이 즐겨 찾는 소비재로 인간이나 장인종족, 숲 속의 종족에게 가장 인기 있는 물건이다.

생산되는 물량이 적어 엄청난 고가에 거래된다.

심지어 오크조차도 인간에게서 빼앗은 전리품 중 가장 으뜸으로 취급할 정도다.

그런데 그런 귀한 살트를 아무렇지 않게 길바닥에 뿌려버릴 정도라면 이곳에서는 귀하지 않다는 뜻.

순간 이것을 가져다가 판다면 엄청난 돈을 벌수 있겠다는 생각이 들었다.

"우히히히! 우히히히!"

남들이 보면 마치 실성한 사람처럼 웃고 있지만 테론의 속사정은 그렇지 않았다. 주군과 영지를 위해 대단한 발견을 하고 말았기에 바닥에 떨어진 살트를 소중히 모으며 연신 행복한 웃음을 흘리는 중이었다.

살트를 모두 모으자 한번 더 식당에 들어갈까 하는 생각이 들었지만 오늘은 아니다. 살트를 담을 수 있는 자루를 준비해 내일 들르는 게 나았다.

다른 식당을 찾아 동전을 내밀며 음식을 요구했지만 이

번에도 쫓겨났다. 다만 코를 막으며 내쫓는 표정을 보고
서야 몰골이 더럽고 냄새나 음식을 팔지 않는다는 것을
알아차렸다. 서둘러 공원으로 돌아와 화장실에서 몸을
씻은 후 다른 식당을 찾아갔다.

"어서 오세요. 손님."

통과했다. 이번에 들어간 음식점에서는 쫓겨나지 않았
다. 몰골을 보면 틀림없는 부랑자다. 손님들이 꺼려할
게 분명하지만 주인은 돈을 내고 음식을 사먹으려는 테
론의 모습을 안쓰럽게 여겨 구석진 자리로 안내했다.

새콤달콤 매콤새콤한 냄새, 며칠 만에 먹어보는 음식이
자 처음으로 맛보는 이 세상의 맛이다. 허겁지겁 차려진
음식을 뱃속에 밀어 넣는 테론의 모습은 걸신과 같았다.

너무나도 맛있었고 오랜만에 느끼는 포만감이 만족스
러웠다. 가만히 앉아 다시 한번 음식 맛을 음미하고는 만
족한 표정으로 주인에게 동전과 지폐를 내밀었다.

주인이 웃으며 테론의 손을 되밀었다.

테론의 모습이 불쌍해 무상으로 음식을 제공해주었을
뿐이다. 주인의 뜻을 알아차린 테론이 연신 고개를 숙이
며 감사의 뜻을 전했다. 며칠 만에 배를 채웠고 굶지 않
고 살아갈 방법도 깨달은 뜻 깊은 하루였다.

이제 테론의 일상은 정해졌다. 사람들이 많이 다니는
곳을 찾아 자리를 차지하고는 고개를 숙인 채 눈을 감았
다. 슬프고도 애처로운 표정을 지어보이며 누구라도 동

전을 던지고 싶은 충동을 일으키도록 했다.

그렇게 생존방법을 터득한 테론은 구걸한 돈으로 매일매일 새로운 음식을 사먹으며 이 세상을 맛보고 다녔다.

역시나 이 세상의 맛은 훌륭했다. 특히나 아이스크림은 수십 가지에 달하는 각각의 맛이 살아 숨 쉬는 신세계였다. 도대체 어떻게 표현해야 할까?

그 맛을 본 순간 세상의 모든 음식을 맛보는 그날까지 열심히 구걸해야겠다는 생각밖에 없었다. 이미 소영주에게서 받은 임무는 머나먼 저곳으로 날아가 버렸다.

*   *   *

영주성에 도착하자 헤론이 마법주머니를 쏟아냈다.

저쪽 세상에서 가져온 책과 물건들을 펼쳐놓자 혀를 찰 수밖에 없었다.

"언제 이렇게나 많이 챙겼냐?"

"그러게요. 어쩌다 보니 이렇게 많아졌네요."

"많아서 좋긴 하다만."

"영지를 위해서라면 이보다 더한 짓도 서슴없이 할 생각입니다. 마음에 두지 않으셔도 됩니다."

"마나의 길을 걷는 자로서 마음이 편치 않다만 네 말대로 영지를 위한 일이라 생각하겠다. 고맙다, 헤론."

"아닙니다."

"그래. 앞으로 더 많이 부탁하마."

"……."

스프레이를 꺼내든 루이가 이리저리 돌려보며 한참을 살펴보더니 이내 뚜껑을 열고는 홈이 파진 곳을 눌렀다.

'치이익' 소리와 함께 스프레이가 뿜어지며 향긋한 냄새를 풍겼다.

"오! 이건 향수를 담아놓은 용기인가 보다."

"향수요?"

스프레이를 든 헤론이 이리저리 살펴봤다. 안을 확인하고 싶었지만 용기 자체가 밀봉되어 있어 불가능했다.

"어떤 원리인지는 모르겠지만 참으로 편리해보이지?"

"그러네요. 용기를 만든 재질도 강철 같죠?"

"그래. 이런 모양으로 매끈하게 만들다니 정말이지 대단한 기술을 가진 세상이야."

스프레이를 살펴보던 루이가 이번에는 작은 병을 들었다. 냄새를 맡아보니 스프레이와는 전혀 다른 아주 향긋한 향기가 배어 나왔다.

"와! 이게 향수 같다. 한번 맡아봐."

냄새를 맡은 헤론도 감탄했다.

"우와! 정말로 향긋한 냄새가 나네요. 이건 귀족이나 돈 많은 자들을 상대로 아주 고가에 판매해도 되겠습니다."

"그렇지? 나도 같은 생각을 했다. 이것은 향수라 표기해 두고 다음에 좀 더 가져오자.”

온몸 구석구석 향수를 뿌리고난 헤론이 비누를 집었다.

“이건 저쪽 세상의 인간들이 손이나 얼굴을 씻을 때 사용했습니다.”

용기를 가져온 헤론이 물을 만든 후, 비누를 문질러 하얀 거품을 일으켰다. 그리고는 거품이 묻은 손을 헹궜다.

“와! 이걸 사용하니 손이 깨끗해진 것은 물론이고 끈적였던 기름기마저 제거됩니다. 게다가 은은한 향기마저 풍깁니다.”

헤론이 감탄하자 루이도 사용해봤다. 역시나 헤론의 말대로다. 이 세상 모든 이를 대상으로 판매할 수 있는 제품이었다. 이것의 효용성을 알게 된다면 누구나 사용할 수밖에 없어보였다. 저절로 미소가 지어진다.

“이거 하나만 팔아도 영지에서 벌어들이는 돈이 엄청나겠어.”

“제 생각도 그렇습니다. 영지에 엄청난 부를 안겨줄 물건입니다.”

대박이 날 것 같은 제품을 발견하자 루이와 헤론의 표정이 환해졌다. 더욱 흥이 난 듯 나서 또 다른 대박 물건을 찾고자 펼쳐놓은 물건을 하나하나 살펴나갔다.

“소영주님?”

"응, 왜?"

"물건들을 가져오려면 저 세상의 말을 배워야 하는데 참 고민입니다."

"그렇지. 언어라는 게 한순간에 배워지는 것도 아니고."

"그러게요. 언어도 그냥 머릿속에 쑤셔 넣을 수만 있다면 금방 배워버릴 텐데 말입니다."

무심코 던진 헤론의 푸념에 갑자기 좋은 생각이 떠올랐다. 마법을 응용한다면 어쩌면 가능할지도 몰랐다.

"가만, 쑤셔 넣는다고 했지?"

"예?"

"너 거기 책 줘봐."

헤론에게서 책을 건네받아 마법으로 내용을 스캔했다.

순식간에 책에 기재된 글자들이 유체화되어 허공으로 떠오르고, 뒤이어 놀라운 일이 벌어졌다. 이어지는 주문에 허공을 유영하던 글자들이 루이의 머릿속으로 사라진 것이다.

"으윽."

한순간 어지럼이 동반되어 비틀거리자 헤론이 재빨리 부축했다.

루이가 눈을 감고는 한동안 명상에 잠겼다.

이윽고 눈을 뜬 루이.

"괜찮으십니까?"

"그래. 괜찮아."

"도대체 아까 사용하신 마법은 뭡니까? 제가 보기에는 메모라이즈 마법을 사용하신 것 같은데."

"네가 보기에는 하나의 마법이 발현된 것 같지만 스캔과 메모라이즈, 임프린팅 마법을 동시에 사용했다."

"아! 그래서 책속의 글자들이 살아 있는 생물체처럼 허공을 날아다녔던 거군요. 한번에 세가지 마법이 사용된 것은 처음 봤습니다."

"마나가 책속의 글자와 똑같은 모양으로 유체화되어 내 의지에 따라 머릿속으로 들어온 거야. 임프린팅 메모라이즈라는 마법이다."

"그럼 책의 내용을 강제로 각인시킨 겁니까?"

"그렇지. 당장 이해할 순 없지만, 모든 내용이 머릿속에 들어 있는 것과 같다. 아마도 저쪽 세상의 인간들과 일상생활을 하다보면 며칠 안에 언어를 배워버리게 될 거야."

"와우! 방금 사용했던 마법이라면 저쪽 세상의 지식을 가져오는 것도 어렵지 않겠습니다."

"쯧쯧, 단순한 놈. 어찌 한 인간의 머릿속에 세상의 지식을 모두 담겠냐?"

"쩝. 그도 그렇군요. 저도 각인시켜주시죠."

헤론에게도 똑같은 내용을 각인시켰다. 미지의 세상을 다녀온 후, 가문을 부흥시킬 방안을 찾았다.

그러기 위해선 돈이 필요하고 돈을 벌기 위해서는 저쪽 세상의 물건들을 가져와 판매해야 한다.

영지에서 판매하는 물건이 독점이라면 물건을 사기 위해 제아무리 먼 곳에 있는 상단이라도 찾아올 수밖에 없다.

그리고 단 하루라도 영지에서 머물 터. 그들이 사용하는 돈은 온전히 영지민의 수중으로 흘러들게 된다.

크게 보면 영지에 수익이 발생하니 일석이조라 할 수 있다. 우선 상점거리로 만들 만한 구역을 살펴보면서 거리를 어떻게 꾸밀지 계획을 세웠다.

"저쪽 세상은 상술도 이곳보다 훨씬 앞서가지 않겠습니까?"

"훨씬 발전된 세상이니 당연하겠지."

"그겁니다. 제 생각엔 상점거리는 저쪽 세상의 방식을 참고하는 게 좋을 것 같습니다."

헤론의 이야기를 듣고 보니 일리가 있다.

아니, 당연한 말이다.

며칠 동안 둘러본 것만으로도 저쪽 세상의 문화가 얼마나 발전되어 있는지 확인하지 않았던가.

"네 말이 맞다. 우리가 백날 머리를 굴려봤자 오랜 세월 동안 발전해온 저쪽 세상의 상술을 따라갈 순 없을 거야. 속편하게 저쪽 세상의 방식을 인용하도록 하자."

"예, 소영주님. 그런데 상점거리를 만들려면 기본적인

자금은 있어야 하지 않을까요?"

"그러지 않아도 어떻게 돈을 만들지 생각해봤는데."

"설마? 공부인께 부탁하려는 말도 안 되는 생각을 하고 계신 건 아니겠지요?"

"헛소리 그만하고 일단 내 생각인데 들어봐."

상점거리를 만드는데 필요한 자금은 저쪽 세상에서 가져온 제품을 보여준 다음 선주문과 함께 일정액의 선금을 받으면 해결될 것 같았다.

문제는 선수금을 지급하면서 그에 상응하는 담보를 요구할 수 있기에 그에 대한 방책만 해결하면 될 듯했다.

뭐 정 안 되면 영주성을 담보로 해버려도 되고.

어쨌든 간단하지만 가능한 논리다.

헤론도 일견 타당성이 있다며 동의했다.

"그러면 저쪽 세상에 넘어가 견본으로 사용할 물건들을 많이 가져와야겠습니다."

"그래야지. 이번에도 헤론이 고생을 해야겠다."

"염려 마세요, 뭐. 한번 버린 몸인데 두 번을 못 버리겠습니까."

"……."

영지가 처한 문제점

헤론과 저쪽 세상에서 가져온 물건들을 정리하고 있을 때 집사가 아론 경이 찾아왔음을 고했다.

"소영주님. 아론 경이 뵙기를 청합니다."

"모시세요."

아론이 들어오자 헤론이 일어났다.

"소영주님을 뵙습니다."

"이리 가까이 앉으세요."

아론이 자리하자 헤론이 앉았다.

"요즘엔 많이 바쁘신 것 같습니다."

"아시다시피 새롭게 일을 준비하는 중입니다."

"상단을 준비하신다고 들었습니다. 소신이 도울 일이 있다면 언제든지 말씀하십시오."

"헤론과 테론이 도와주고 있어 괜찮습니다. 한데 어떤 일이십니까?"

아론이 헤론을 바라봤다.

아무리 아들이지만 영지의 중요한 일을 듣게 할 순 없었다.

"너는 잠시 나가 있는 게 좋겠구나."

"아닙니다. 경이 아버지와 군신의 예를 맺었듯 헤론 또한 나와 군신의 예를 맺었습니다. 이미 마음을 나누는 사이니 개의치 말고 말씀하세요."

직설적인 이야기에 헤론을 바라보는 아론의 시선에 뿌듯함이 묻어났다.

"하오면 말씀드리겠습니다."

더 넓은 타나리스 지방은 크게 여섯개의 지역으로 나누어진다.

영주성이 있는 타나리스를 중심으로 클레브 영지, 토렌 영지, 투르넨 영지, 펜하겐 영지, 바다와 인접한 부르크 영지다.

이들 지역은 시조이신 마테우스 공작 때부터 공작가를 모셔온 가신 가문이다.

그러나 언제부터인가 독자적인 세력을 형성하더니 작금엔 서로가 타나리스를 삼키려고 혈안이 된 역신 가문이 됐다.

역시나 아론이 찾아온 것도 이들 가문과의 문제다.

"저들에게 채무를 변제할 시기가 남아 있지 않았습니까?"

"그렇습니다. 아직 반년이 남았지만 저들은 공작님께서 몸져누우신 지금 소영주님께 확답을 듣고자 하는 겁니다."

"확답이라는 게 빚진 돈을 변제하지 못하면 영주성을 넘기라는 것이겠지요."

"…송구합니다."

한때는 가신이었던 자들이 주인을 배반한 것도 모자라 이제는 물어뜯어 나누려 한다.

저들은 오래전에 독자적인 세력을 형성했고, 이미 공국으로서의 조직까지 갖추었음에도 여전히 개국을 못하고 있다.

바로 타나리스 가문이 존재하는 한 가신 가문이라는 족쇄에서 벗어날 수 없기 때문이다.

"이미 저들의 군사력이 타나리스를 앞서거늘 군사를 동원하지 않는 게 신기하군요."

"저들의 목적은 개국입니다. 타나리스를 배신하고 개국한다면 황제 폐하께서 인정하지 않으실 겁니다. 힘은 있지만 명분이 없어 움직이지 못할 뿐입니다."

"차라리 공국을 개국하고 스스로 공왕이라 칭해도 되

지 않습니까?"

아론이 웃었다.

수많은 공국이 생겨나고 사라지는 이유를 보면 개국이 쉽지 않다는 것을 알게 된다.

개국 후 멸망의 길로 접어든 공국은 하나같이 제국의 황제로부터 공왕의 인장을 받지 못했다.

모두가 명분을 잃은 자들이다.

물론 스스로 개국을 선택할 순 있다.

다만 황제로부터 인장을 받지 못한다면 주변 왕국이나 공국의 연합군에 의해 멸망의 길로 들어선다.

대륙의 묵시적인 법칙이다.

지방에 대한 황제의 지배력은 약해졌지만 힘을 가진 자들은 여전히 황제의 위명이 필요했기에 생겨난 룰이 다.

그래서 힘을 가진 자들이라도 황제의 인장을 받지 못할 사정에 처하면 개국을 미룬 채 때를 기다려야 한다.

바로 타나리스 가문을 배반한 자들처럼.

아론이 웃음을 보인 이유였다.

엘리안 제국의 지배력은 사라졌지만 황제가 가진 위명 만큼은 여전히 대륙을 지배하고 있었다.

"허면 저들이 군사를 동원하지 못하는 것도 황제 폐하의 인장 때문이군요."

"그렇습니다. 그래서 저들은 오랜 세월 타나리스 가문

을 무너뜨리고자 물밑 작업을 해오고 있습니다."

"그리고 그 작업이 막바지에 이르렀다는 것이고요?"

"송구합니다. 공작님께서도 영지를 운영하려면 어쩔 수 없었습니다."

저들의 속내를 알면서도 끌려갈 수밖에 없다니 안타까웠다.

"허면 영주성을 담보로 저들에게 차용한 돈이 얼맙니까?"

"오십만 골드에 매년 이만오천 골드를 이자로 지급합니다."

오십만 골드.

현재 영주성의 일년 예산이 사만 골드를 웃돌고 있으니 무려 십년 치가 넘는 예산을 빚으로 안고 있다.

그중에 이만오천 골드를 이자로 지급하고 나머지 이만 골드에도 미치지 못하는 돈으로 일년을 살아간다.

매년 적자에 허덕이는 이유다.

"저들에게 빚진 돈이 오십만 골드라는 것은 경에게서 처음 듣습니다. 작금의 영지 사정으로는 갚을 방법이 요원하군요."

"공작님께서는 최악의 경우에 다섯 가문과 협의를 하시고자 생각하셨습니다."

"협의를 하다니요?"

"저들이 원하는 것을 들어주는 조건으로 채무를 없애

고자 계획하셨습니다."

"허면 저들과 맺은 군신 간의 맹약을 스스로 철회한다는 겁니까?"

"그렇습니다. 저들이 오래전에 등을 돌린 가문인 만큼 군신 간의 맹약은 아무런 의미가 없다고 판단하셨습니다."

틀린 말은 아니었다. 어쩌면 아버지의 생각이 가장 현실적이고 합당했다. 군신 간의 맹약을 지키고 있어도 저들이 가신 가문으로 되돌아오지는 않을 터. 그럴 바에야 실리를 챙기는 게 좋다.

그러나 길게 보면 얘기가 달라진다. 지금에야 명분이라는 큰 틀에 묶여 금력이라는 무기를 활용할 뿐이지만, 저들이 황제의 인장을 받아 공국을 세운다면 어떻게 될까?

다음 목표는 보지 않아도 타나리스 가문이다. 아버지께서 쉽사리 결정을 내리지 못하고 시간을 끌어온 이유다.

"저들이 이자를 명분으로 소영주님을 압박하는 건 이곳의 사정이 매우 어렵다는 걸 알기 때문입니다. 송구하오나 저들은 이자를 지급하지 못할 것으로 판단하는 것 같습니다."

"작금의 사정을 보면 그렇게 생각하는 것도 틀리지 않습니다. 전혀 여력이 없지 않습니까?"

"소신이 찾아뵌 것도 그 때문입니다. 송구하오나 어떻게 처리할 요량이신지 여쭤보고 싶습니다."

"그전에 하나 묻겠습니다. 계속해서 이자만 상환해나가면 되는 겁니까?"

"아닙니다. 문제는 내년부터입니다. 이자를 제외하고 매년 오만 골드의 원금을 상환해야 합니다."

"후우! 예상대로군요. 이거 대책이 없겠습니다."

"송구합니다. 철광산만 건재했더라도 어렵지만 상환해나갈 수 있었습니다. 공작님께서도 이런 상황이 될 줄은 전혀 예상치 못하셨습니다."

아론과 이야기를 나누는 중에 빠르게 머리를 굴렸다.

옆에 있는 헤론을 보니 마찬가지인 듯 이미 계산을 두드리는 모양이다.

반년. 이자를 지급하기까지 남은 기간이다. 맹약을 철회하는 건 쉽게 결정할 사항이 아닌 만큼 우선 약속한 날짜에 이자는 지급해야 한다.

"알겠습니다. 내 준비할 테니 그렇게 알고 계세요."

말은 안 했지만 아론의 표정은 어두웠다.

약속된 날짜에 이자를 지급하겠다는 말을 꺼내긴 했지만 확실한 대책이 있어 꺼낸 건 아니다.

아론이 나가자 헤론이 걱정스러운 눈빛으로 물어왔다.

"소영주님. 답이 없으시죠?"

"왜 답이 없어. 걱정 마라."

"제가 걸어 다닐 때부터 소영주님과 붙어 지냈습니다. 저를 속일 생각은 마시죠."

"그래. 답은 없다. 이제라도 만들어보려고 한다. 됐냐?"

"저는 소영주님을 믿습니다. 가문을 일으켜 역신 가문이 영원히 개국을 못 하도록 만들어버리세요."

"당연하지. 배신에 대한 대가도 치르게 하고."

"한데, 소영주님."

"응. 왜?"

"물건을 미리 보여주고 선금을 받는 방식을 활용한다면, 어쩌면 가능하지 않겠습니까?"

"나도 그 방법을 염두에 두긴 했는데 금액이 큰데 가능할까?"

헤론과 오랫동안 의견을 주고받았지만 이만오천 골드라는 큰돈을 마련하기에는 시간이 촉박했다.

부득이 외가에도 도움을 청해놓아야만 했기에 어머니를 찾았다.

어머니께서는 아버지와 함께 계셨다.

자리에 누워계신 아버지를 보니 마음이 착잡했다. 그토록 활동적이시던 분이 마음대로 움직이지를 못하니 의욕을 상실했을 터. 그 틈을 이용해 몽마가 찾아왔을 것이다. 그리고 보니 최근엔 몽마가 찾아오지 않았다.

하지만 이곳에 찾아오는 순간 잠복 중인 패밀리를 통해 소환자를 찾을 수 있을 것이다.

이미 준비를 해둔만큼 놈의 거처만 찾게 된다면 충분히 죽일 수 있을 터이니, 그때가 되면 아버지는 몽마로부터 벗어날 수 있게 된다.

"어서 오너라."

"아버지는 어떠십니까?"

"막 잠드셨다. 그 일 때문에 왔느냐?"

"들으셨습니까?"

"아론 경에게 들었다. 어미가 외가에 다녀오겠다."

"송구합니다."

"아니다. 어려운 시기에 아버지를 대신해 네가 고생이 많다. 힘을 내거라."

"예, 어머니. 이번만 도움을 받겠습니다."

어머니와 이야기를 나눈 후 곧바로 집무실로 돌아오자 헤론이 기다리고 있었다.

당장에 갚아야 할 돈은 어찌할 수 없다. 하지만 테론이 있는 저쪽 세상에 영지를 일으키기 위한 답이 분명히 존재한다. 의기소침할 필요가 없다.

준비를 마친 후 헤론과 함께 차원홀이 있는 폐가로 이동해 검은 덩어리 앞에 섰다. 여전히 검은 덩어리는 커졌다 작아지기를 반복하며 꿈틀거리고 있다.

*　*　*

　오늘도 변함없이 자리를 차지하고 구걸하는 테론을 멀리서 지켜보며 이를 가는 이들이 있다.

"거봐. 오늘도 저기 있어."

"그러네."

"저긴 내 자린데 며칠 전부터 저 새끼가 차지해버렸어. 저 자리가 구걸이 잘되는데……."

"참아. 나중에 밤이 되면 저 새끼 따라가서 조지는 거야. 감히 우리 구역에서 영업하다니 버릇을 고쳐주자."

　오늘도 테론의 주머니엔 동전과 지폐가 수북했다.

　운수가 좋은 날이었는지 무려 일만원권 지폐도 한장이나 들어왔기에 환호라도 지르고 싶은 기분이었다.

　이제 장사를 파할 시간이다.

　장시간 앉아 있었더니 다리가 저렸다.

　마나를 보내 저린 다리를 풀어준 테론은 아예 온몸에 마나를 순환시켜 굳어 있던 근육의 피로마저 풀어주었다.

　몸뚱이가 전부인 테론이기에 험한 세상에서 살아남고자 마나가 적은 이곳에서도 하루를 거르지 않고 호흡해왔다.

　온몸의 피로를 풀어준 테론이 어김없이 보금자리로 향했다. 이 세상에 도착해 첫날을 보냈던 공원이 테론의 보금자리다.

이곳에 있어야 소영주와 헤론이 찾아올 터였다.

이 세상에 혼자 남겨진지도 어느덧 이십일이 지났다.

뛰어난 재능을 발견해 배를 굶지는 않았지만, 외롭고 쓸쓸한 건 어쩔 수 없었다.

밤하늘을 올려다보니 흐리다. 가끔씩 드러나는 별을 보면 저쪽 세상에 있는 친구와 가족이 생각난다.

맨날 다투던 형마저도.

쪼르르 흐르는 물방울. 결국, 눈물을 훔치고야 말았다.

"스벌! 바람이 왜 이리 심해."

바람 한 점 없는 밤이었지만, 아직은 여린 테론이다.

그때 아지트를 확인해 두었던 일단의 무리가 몰려오며 슬픔에 잠겨있던 테론을 깨웠다.

"야! 이 새끼야. 일로 와봐!"

소리를 지르며 다가오는 무리. 좋지 않은 목적을 가졌다. 오러를 다루며 초인의 길에 들어선 테론이 느끼지 못할 리가 없다. 더구나 고블린이 풍기는 살기만도 못한 투기를 흘리며 다가오는 자들.

같잖았다.

"귀찮게 하지 말고 그냥 가라."

무심결에 내뱉은 말은 아제로스어다.

"뭐야? 저 새끼 우리말을 모르는 거야?"

"대장, 말도 못 알아듣는데 효과가 있을까?"

"몰라. 그냥 손만 봐주고 가자."

패거리의 우두머리가 테론을 향해 삿대질을 하며 온몸으로 대화를 시도했다.

"이 새끼야, 잘 들어. 네가 구걸하는 곳은 우리 구역이야."

말을 하면서도 가끔 가슴을 두드리며 위협하는 것도 잊지 않았고, 테론은 그런 상대의 행동을 조용히 지켜볼 뿐이다.

"그러니까 넌 구역을 넘본 대가를 지불해야 해. 알겠지?"

우두머리가 말한 대가는 몸으로 때우는 것, 대화를 시도하던 우두머리가 갑자기 주먹을 뻗었다.

세상으로의 여행(1)

  그러나 우두머리가 날리는 주먹은 하품이 나올 정도로 느렸다.

  대체 인간이 어떻게 하면 저런 공격을 할 수 있을까?

  과연 저런 주먹에 맞아 죽는 몬스터가 존재할까?

  상대의 공격은 저쪽 세상에 살아가는 최하위 몬스터가 내지르는 주먹보다 약했고, 속도마저 느린 것은 두말없다.

  살짝 고개를 움직여 피하면서 주먹을 잡아버리자 상대가 당황했다.

  주먹을 빼내려고 용을 썼지만, 테론은 상대의 주먹을

으스러지게 할 정도로 엄청난 악력을 가졌다.

잡힌 주먹을 빼낼 순 없다.

"대장?"

패거리로 같이 따라온 꼬맹이 둘이 두려워하는 눈빛을 보이자 테론이 웃으며 잡은 손을 놓아주었다.

그제야 주먹을 거두며 몸을 움직일 수 있게 된 우두머리.

"아휴! 쪽팔리게."

"대장, 저 새끼 표정 봐. 쪼개고 있어."

"씨발! 가만히 있어 봐. 이번엔 아주 아작 내버린다."

이번엔 제대로 싸울 모양인 듯 우두머리가 스텝을 밟았다. 이리저리 몸뚱이를 움직이더니 순식간에 주먹을 날린다.

경쾌하게 허공을 가르며 뻗어가는 주먹. 이번엔 틀림없어 보였다.

그러나.

턱.

"어? 저놈이 또 잡아버렸어."

또다시 주먹이 잡힌 채 움직임을 멈춘 대장을 보며 패거리들은 겁을 먹었다.

우두머리도 마찬가지였다.

얼굴을 들이민 테론의 살기어린 시선과 마주하자 전의를 상실한 채 찔끔거렸다.

피식!

웃음을 보인 테론이 우두머리의 어깨를 토닥여주며 옆에 앉으라는 시늉을 보냈다.

* * *

차원홀을 통해 이 세상에 도착한 루이와 헤론의 모습은 처음 왔을 때와는 완전히 달라졌다.

누가 봐도 이상하지 않을 차림새, 아니, 더욱 세련된 모습이었다.

이 세상에 도착하자마자 첫날을 보낸 공원에 도착해 테론을 기다렸지만 테론은 밤이 깊어도 나타나지 않았다.

"안 보이는데 찾아봐야 하나."

"그럴 필요 없습니다. 워낙 신기한 게 많은 세상이니 아마 신나게 놀고 있을 겁니다."

"그렇겠지?"

"예. 이곳을 둘러본 다음 테론을 찾아보는 게 좋겠습니다."

"그러자. 아무래도 셋이 움직이는 건 불편할 거야."

루이와 헤론은 여유롭게 이곳을 둘러본 다음 테론을 찾기로 했다.

저쪽 세상에 가져다 팔만한 물건들을 살펴보고, 되도록 많은 샘플도 챙겨야 한다.

이제부터가 진정한 여행의 시작이다.

지나치는 사람들에게 인사를 건네고 물건을 들어 질문하며 이곳 사람들과 대화를 주고받았다.

역시나 마법의 효과는 곧바로 나타났다.

처음엔 서툴렀지만 대화를 거듭할수록 언어능력이 급격히 늘어나 생각보다 빠르게 적응했다.

덕분에 더욱 이른 시간에 세상의 정보를 하나씩 얻어나갔다.

발전된 세상은 어디를 가도 화폐가 존재하고 이 세상도 마찬가지다.

더욱이 경제생활을 영위하려면 화폐의 쓰임새를 알아야 했기에, 가장 먼저 배울 것이 화폐에 대한 개념과 가치였다.

"도대체 뭐가 이리 복잡한지 모르겠습니다."

"나도 마찬가지야."

더군다나 카드라는 것은 별도의 현금을 가지고 다니지 않아도 언제든지 화폐처럼 사용할 수 있었다.

도무지 이해가 안 되지만 참으로 편리한 제도임은 틀림없었다.

"그뿐만이 아닙니다. 모바일, 마일리지… 젠장! 너무 어렵습니다."

제아무리 뛰어난 자라고 해도 한순간에 이곳의 경제를 파악할 순 없다.

시간을 두고 차분히 배워나갈 수밖에 없었다.

"한데 화폐라는 것을 구해야 하지 않겠습니까?"

헤론의 말대로 이 세상을 둘러보기 위해서는 이곳의 돈이 필요했기에, 물어물어 금은방이란 곳을 찾아갔다.

단순히 금화에 함유된 금의 무게를 기준으로 이곳의 화폐와 교환하려 했지만 생각지도 못한 행운이 기다리고 있었다.

우리가 찾은 곳은 금을 거래할 뿐만 아니라 특이한 골동품을 취급하는 곳이었다.

"아버지께서 가지고 계시던 건데 그렇게나 귀한 겁니까?"

"그렇습니다. 수십 년간 금화를 취급했지만 이런 문양을 가진 금화는 처음 봅니다. 희소성이 있어 충분한 가격을 쳐드렸으니 혹시나 더 찾게 된다면 저에게 팔아주십시오."

당연히 이 세상에 없는 문양이 맞다.

내가 가져온 금화는 엘리안 제국에서 발행한 금화로 표면에는 초대 황제인 안타시우스의 초상이 새겨져있었다.

새겨진 문자 역시 대륙공용어인 아제로스어다.

현재도 이드리스 대륙의 공용화폐로 사용되고 있지만 금화의 발행일이 언제인지는 나조차 모른다.

아마도 초대 황제의 초상화가 그려졌다면 족히 수백 년

은 넘었을 것으로 추정할 뿐이다.

물론 이 세상에서는 유일한 금화고.

금은방 주인에게 가져온 금화를 판매해 이곳의 화폐로 천만 원이 넘는 돈을 손에 쥐었다.

"이 세상도 금을 화폐가치로 사용하다니 신기합니다."

"금이란 놈이 워낙에 요물 아니냐. 아름답기도 하고."

헤론이 돈을 만져보더니 뭔가를 기대하는 표정이다.

"할 말이 있어?"

"약속한 거 지키셔야죠."

"약속?"

"출출하지 않습니까?"

"아!"

헤론과 함께 분식점이라고 불리는 곳에 들러 일전에 먹지 못했던 음식을 시켰다.

이름을 몰랐기에 그때 본 음식을 시켜먹는 이가 있어 같은 걸로 주문했다.

점원은 라면이라고 불렀다.

라면을 시킨 후에 도대체 어떤 마법을 부리기에 이토록 맛난 냄새를 풍기는지 알아보고자 조리과정을 유심히 지켜봤다.

"음...... "

솔직히 기대 이하다.

선반에서 뭔가를 꺼내더니 그저 뜨거운 물속에 꽈배기

처럼 생긴 것을 넣고는 저어주는 게 전부였다.

아! 조미료 같은 걸 넣기는 했다.

하지만 생각 외로 성의 없이 음식이 만들어지고 있어서 식당을 잘못 찾은 게 아닌지 후회가 됐다.

무릇 훌륭한 맛을 내는 음식이란 조리과정이 나름 복잡하고 정성이 가득 담겨야 한다.

이게 정설이다.

그런데 이곳은 기다림의 풍미도 없이 주문을 완료하고 얼마 지나지 않아 곧바로 라면을 가져다주었다.

실망이 컸다.

그럼에도 냄새 하나는 기가 막혔다.

후르륵.

젓가락을 사용해 뜨거운 김이 모락모락 올라오는 라면을 흡입하는 순간 사고가 정지됐다.

'허! 이 무슨……'

이걸 어떻게 표현해야 할까?

풍기는 냄새와는 다르게 이마에 송골송골 땀방울이 맺힐 정도로 상당히 매운 맛이었다.

그러면서도 뭔가 형용할 수 없는 맛이 혀를 자극해 도무지 젓가락질을 멈출 수 없었다.

분명히 조리과정은 매우 간단했다.

그런데 그토록 짧은 순간에 도대체 무슨 마법을 부린 것일까?

순식간에 한 그릇을 해치우고 추가로 주문을 넣었다.

꺼억!

후르릅.

국물까지 모두 마신 후에야 젓가락을 내려놓았다.

"정말이지 끝내주는 맛입니다."

"그래. 이런 맛은 결코 본적이 없어."

"영지에 이것을 파는 음식점을 차려도 대박이겠습니다. 아마도 대륙의 미식가들이 죄다 영지로 몰려올 겁니다."

"비법만 알 수 있다면 그것도 좋겠지."

사실 비법이 탐이 났다.

이정도로 맛있는 음식이라면 틀림없이 수많은 관광객을 불러들일 수 있을 터. 영지 재정에 큰 도움이 될 것이다.

허나 장인이 만든 비법을 알아내기란 결코 쉬운 일이 아니었기에 돈이 될 만한 사업 아이템 하나를 얻은 것에 만족했다.

그렇게 라면 맛에 놀람을 뒤로하고 버스터미널로 향했다.

이곳은 왕이나 영주가 존재하진 않지만 백성들을 대표하는 자가 머무는 곳은 서울이라 불리는 수도다.

저쪽 세상의 황도와 같다.

제국의 문물이 가장 발달된 곳이 황도이듯 이곳 또한

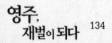

가장 발전된 곳은 서울일 터. 금은방을 나서 그곳을 둘러 보고자 버스터미널로 향했다.

터미널에 도착해 표를 구매한 다음 서울행 버스에 올라 가장 후미에 자리했다.

"이게 버스라는 기물이죠?"

"그래. 도로를 달리는 차들 중에서 한번에 수십 명을 태워 목적지까지 싣고 나르는 유일한 자동차지."

"서울이라는 곳에 가면 지하철이라는 것도 타보죠."

"물론이야. 지상도 모자라 지하로 길을 내다니 정말이 지 대단한 세상이야."

"철로 위를 달리는 기차나 바다를 가르며 나아가는 거 대한 배, 하늘을 나는 비행기라는 것도 꼭 타보고 싶습니 다."

"나도 마찬가지야. 그것뿐만이 아니라 이 세상을 움직 이는 모든 것을 알고 싶어."

"정말이지 이 세상은 저희에게 노다지입니다. 가져갈 게 무궁무진합니다."

"모두가 이 몸 덕분이야. 그럼."

"그 말씀에 동의합니다. 어서 이곳의 물건을 막 가져가 고 싶습니다."

"나도 그래. 하루빨리 시작하게 헤론이 힘 좀 써봐."

"흐흐흐! 이왕에 버린 몸입니다. 기대하십시오."

"와! 너 갑자기 무섭다. 흐흐흐흐!"

창밖으로 지나가는 사람들 구경에 여념이 없는 헤론을 뒤로하고 세계전도가 그려진 지도책을 보며 이동이 가능한 범위를 계산해 봤다.

"아까부터 계속 지도책을 보시는 이유가 있습니까?"

"그래. 지도를 보니 세상의 모든 곳이 정확히 표기되어 있다. 지도를 이용하면 좌표를 설정한다고 고생할 필요가 없겠어."

"그렇다면 어디든지 이동이 가능하다는 뜻이 아닙니까?"

"맞아. 지도를 보면 땅덩어리를 조각내서 정확한 지번과 면적까지도 모두 표기해 놨다. 마나만 무한하다면 구석구석 가지 못할 곳이 없어."

"와! 대단하군요."

"그래. 무서운 세상이기도 하고."

드디어 버스가 출발했다.

시내를 빠져나가 고속도로에 오른 버스가 서서히 속도를 내자 휙휙 지나가는 풍경이 버스를 더욱 빨라보이게 했다.

이 나라는 정말이지 대단했다.

사람이 사는 곳은 물론이거니와 인간의 발길이 닿는 곳은 어디든지 도로를 만들어 놓았다.

나라의 경제 규모가 거대하지 않다면 결코 해낼 수 없는 일이다.

불가사의하게 느껴지는 경제규모다.

중간 중간에 지나가는 거대한 도시들을 보면서 기필코 이 세상의 모든 것을 가져가고야 말겠다는 당찬 포부를 되새기고 또 되새기며 마침내 서울에 도착했다.

책으로 접했고 이곳에서 살아가는 인간들에게서 듣던 대로 가도 가도 끝나지 않는 미로와 같은 도시다.

"헉헉! 잠시 쉬었다 가시죠. 도저히 정신이 없어 못 움직이겠습니다."

"그러자. 이거야 원, 도대체 어디가 어딘지 알 수가 없네."

잠시 휴식을 취한 루이와 헤론의 시선이 향한 곳은 지하철.

두 사람은 동시에 미소 지었다.

"가볼까?"

"물론입니다."

호기롭게 지하철이라고 써진 곳으로 들어와 유심히 사람들의 행동을 지켜봤다.

지하철이라는 것을 이용하기 위해서는 어떻게 해야 하는지 세세히 관찰한 것이다.

여러 번의 시행착오를 겪었지만, 무인판매기에서 무사히 표를 구입해 사람들을 따라 지하철로 내려왔다.

모든 게 순조로웠다.

처음으로 지하철이라는 것을 탔고, 어두운 터널 속을

빠르게 달리는 모습에 연신 탄성을 내뱉었다.

좋았다.

직접 전동차를 운전해 나아가는 모습을 상상하자 절로 미소가 배어 나왔다.

그러나 기쁨은 이때까지였다.

퇴근 시간이 겹치면서 몰려들기 시작하는 인간들로 인해 구석까지 밀렸다.

처음으로 움직일 틈도 없이 빽빽한 공간에 갇히자 숨쉬기조차 힘들었다.

후덥지근하고 답답해 내리려고 했지만, 좀처럼 출입구로 다가갈 수도 없었다.

그렇게 구석에 갇힌 채 한참을 이동한 후에야 전동차를 빼곡히 메웠던 인간들이 조금씩 줄어들었다.

마침내 움직일만한 공간이 만들어지자 인파를 비집고 미리 출입문에 대기했다.

"후아! 무슨 인간들이 이렇게나 많이 타는지 답답해 죽는 줄 알았습니다."

"맞아. 지하철이 아니라 지옥철이라 불러야겠다. 두 번 다시 탈 게 못돼."

지하철을 타보니 천만 인구가 살아간다는 말이 틀림없는 것 같았다.

지하철에서 나온 루이와 헤론이 자리를 잡은 곳은 압구정에 위치한 백화점. 무작정 걷다가 도착한 곳이었다.

세상으로의 여행(2)

　자리에 앉아서 지나가는 사람들을 구경하는 것도 나름 재밌다.

　"와우! 주군, 저 여인은 아슬아슬합니다."

　"야! 그 정도 가지고 그러냐? 저 쪽을 봐라. 아주 죽인다."

　네 명의 여인이 동시에 도로를 점하며 다가온다.

　한데 여인들의 차림새가 아슬아슬하다 못해 살짝 고개만 내려도 보일 것 같았다.

　"해봐."

　"예?"

"뭐해? 지나가잖아."

"아…! 그런 일은 돌려서 말씀하시면 안 됩니다. 곧바로 명하시는 겁니다."

헤론이 환하게 미소를 짓는다.

"세상의 근원을 이루는 바람이여 내 의지에."

"야! 다 지나가겠다. 좋은 말로 할 때 바로 해라."

"쩝! 소영주님은 멋을 모르십니다. 윈드!"

그러나 헤론의 주문에도.

"엥? 너 뭐했냐?"

"어? 분명히 바람을 일으켰습니다."

"멍청하기는. 쟤네들이 입은 옷을 봐라. 착 달라붙어 있는데 네가 일으킨 바람에 잘도 올라가겠다."

"하면 어쩌라는 겁니까? 아니다. 매번 말로만 그러시는데 이번엔 직접 시범을 보여주시죠."

헤론이 발끈했다.

"쯧쯧. 하수는 어쩔 수 없다니까. 이 주군께서 어떻게 하는지 잘 봐라."

"어디 해보시죠."

손가락으로 지나가는 여인들을 가리키는 루이였고, 헤론은 윈드 마법으로는 착 달라붙은 치마를 올릴 수 없다고 판단했다.

그렇다고 강한 바람을 일으킨다면 지나가는 여인들이 다칠 염려가 있다.

그러나 루이는 전혀 생각지도 못한 방법을 사용했다.

땅속에서 투명한 손이 치솟아 일렬로 늘어선 채 거리를 점하며 걸어가던 여인들의 발목을 잡아당겨 넘어뜨렸다.

넘어진 모양새도 제각각. 하지만 원하는 목적은 이루고도 남았다.

"붉은색, 주황색, 노란색, 초록색 그리고… 헉! 소, 소영주님? 조, 존경합니다."

"나, 나도 보고 있다. 마이 존경해라."

한참동안 여운을 만끽한 루이와 헤론의 관심은 이내 휘황찬란하게 빛나는 백화점으로 향했다.

유난히 많은 사람들이 드나드는 곳이다.

이 세상의 물건이 가장 많이 모인 곳인 만큼 그냥 지나칠 수 없었다.

"이곳이 백화점이라는 곳이지."

"예. 온갖 물건이 진열된 곳이라고 했습니다."

"당연히 들러봐야겠지?"

"이르다 뿐입니까."

탈탈 엉덩이를 털고 일어난 루이와 헤론은 백화점 앞으로 이동한 후 사람들을 따라 들어갔다. 그런데.

"어라. 왜 밖이죠?"

"그러게. 어찌된 거지?"

다시 한번 사람들 틈에 섞여 백화점 안으로 향하는 루

이와 혜론.

"어! 또 밖인데요?"

가만히 사람들의 모습을 보니 루이와 혜론처럼 함께 출입문을 사용하지 않았다

"아하! 둘이 동시에 들어가지 못하게 해놨구나. 저건 혼자만 통과할 수 있는 문이었어."

"와! 멍청한 짓을 하고 있었군요. 소영주님께서 먼저 가시죠."

"아니. 너 먼저 들어가."

혜론이 사람들 틈에 섞여 회전문을 통과했다.

그리고 루이는 때마침 옆쪽에 있는 문을 통해 사람들이 나오는 것을 확인하자마자 볼 것도 없이 옆문을 통해 백화점으로 들어갔다.

그런데 혜론은 여전히 밖이었다.

"옆문으로도 들어올 수 있었군요."

"…나도 이제야 알았다."

백화점 안은 그야말로 인간들이 꿈꿀만한 천국이다.

없는 게 없는 곳. 정보로 얻은 것보다 훨씬 놀라운 곳이었고, 어디를 가도 화사하게 웃으며 방긋방긋 미소 짓는 점원들은 덤이었다.

"소영주님. 점원들의 태도를 보세요."

"나도 느끼는 중이야. 속마음이야 어떨지는 모르지만 손님을 대하는 태도만큼은 보고 배울만하네."

"그러면 저기 점원들의 모습을 롤 모델로 삼는 건 어떻습니까?"

"찬성. 점원들의 행동 하나하나를 유심히 관찰해두었다가 나중에 똑같이 가르치자."

영주성에 들어서게 될 상점에 근무할 직원들의 복장과 응대 요령이 정해졌다.

점원들의 모습뿐만 아니라 상점의 내부를 어떻게 꾸며야 할지, 물건을 어떻게 배치할 것인지 등에 관해서도 많은 것을 깨닫게 됐다.

확실히 백화점을 방문한 것은 훌륭한 선택이었다.

＊　＊　＊

테론은 오늘도 자신의 재능을 활짝 꽃피우며 보람찬 하루를 보냈다.

이제 일과를 마치고 편안한 보금자리로 돌아가 휴식을 취할 시간. 치열한 삶의 현장인 좌판을 걷었다.

"대장. 오늘 수입은 괜찮은 거야?"

"응. 조끔 벌었어."

테론이 구걸한 돈을 건네주자 봉수가 크게 놀랐다.

다툼이 일어났던 자리는 막내 민수가 구걸하는 자리라 양보했다.

그럼에도 테론의 수입은 변하지 않았다.

원래 뛰어난 능력자는 자리를 탓하지 않는 법이다.

"우와! 대장은 아무 곳에서나 구걸해도 엄청나게 버는구나."

테론은 공원에서 패거리와 싸운 그날 이후로 패거리의 대장이 되어서 이곳의 말을 배워 나갔다.

헤론의 말대로 테론의 언어 습득 능력은 비상했다.

패거리들이 가르쳐주는 단어를 단번에 외워버린 후 곧바로 응용하는 모습을 보여줄 정도였다.

점차 한국말에 능숙해지는 테론이지만 마음만은 못내 찝찝했다.

테론이 이 세상에 온지도 어느덧 두달이 지났다.

한달만에 오기로 했던 소영주와 헤론은 여전히 소식이 없다.

걱정이 안 된다면 거짓이다.

이제는 저쪽 세상을 연결하는 차원홀마저 닫힌 게 아닌지 걱정됐다.

한달만 더 기다려보고 그래도 오지 않으면 차원홀이 있던 곳을 찾아가보기로 결정했다.

그렇지만 돈은 벌어야 했기에 뒤숭숭한 마음을 달래가며 오늘도 재능을 꽃피울 보람찬 하루를 시작했다.

그러나 좌판을 펼치자마자 테론은 곧바로 꿈나라로 향했다. 밤새도록 차원홀을 생각하느라 제대로 잠을 자지 못했기 때문이었다.

혹시라도 꿈속에서 헤론을 만난다면, 기필코 오지 못하는 이유를 물어보리라 생각하며 테론은 고개를 숙이고 꾸벅꾸벅 졸았다.

"이야! 저 모습도 은근히 어울리는 것 같다. 그렇지?"

"어휴! 저 꼴을 아버지께서 보셨으면 곧바로 저승행입니다. 아무리 내 동생이지만 진짜."

"어이! 구걸은 잘 돼?"

십원짜리 동전을 던지며 말을 걸었다.

꿈속에서 소영주와 헤론의 목소리를 드디어 들었다.

비몽사몽인 상태지만 반드시 오지 못하는 이유를 들어봐야 한다.

"오호! 잠까지 자면서 구걸하는구나. 대단한 거지가 탄생했어."

"그러게요. 이 모습을 아버지께서 보셨어야 하는데 안타깝습니다."

"이거 곤하게 자는 것을 보니 깨우기도 그러네."

"야! 일어나. 쪽팔리게 이게 무슨 꼴이냐?"

보다 못한 헤론이 발로 테론을 툭툭 건드렸다.

그제야 실눈을 뜨며 고개를 드는 테론.

"…어? 소영주님? 헤론?"

"그래. 너의 주군이시다. 내가 얼마나 못났으면 가신이 구걸하는 것도 모르고. 에휴! 내가 죽일 놈이다."

그 순간 벌떡 일어난 테론이 헤론의 멱살을 잡았다.

그러면서도 가로막는 것은 무엇이라도 부숴버릴 것만 같은 이글거리는 눈빛만큼은 루이를 향했다.

"너 한달만에 온다고 약속해놓고 왜 안 왔어. 내가 차원홀이 사라진 줄 알고 얼마나 걱정했는지 알아!"

"야! 이거 놓고 얘기해. 어디서 형의 멱살을 잡아? 빨리 놓지 않으면 네가 구걸했다고 아버지께 말해버린다."

번쩍 정신이 들었다.

자신이 구걸했다는 것을 아버지께 이른다면 생각할 것도 없이 최소 사망이다.

살며시 헤론의 멱살을 놓으며 먼지를 터는 시늉을 내는 테론. 헤론의 협박이 통했다.

"오랜만에 형을 만나니 기뻐서 그랬다. 그런데 내가 여기 있는 것을 어떻게 알았어?"

"한참이나 찾아다녔지. 다행히 이곳이 넓지 않아서 일찍 찾은 거야. 대도시였다면 공원에서 네가 오기만을 하염없이 기다렸을 거다."

가만히 형제의 해후를 지켜보던 루이.

"야! 이곳에서 지내다보니 주군이 만만하게 보이지?"

"나 참. 이곳에 두달 동안 처박아둔 게 누구시지요?"

"오호! 그래서 주군을 보고 눈알을 부라린 거였어? 헤론이 아니라 내가 아론 경에게 일러야겠다."

"헉! 제가 언제 눈을 부릅떴다고 그러십니까? 생사람

잡지 마시죠."

"와! 이럴 땐 완전히 헤론이야. 누가 형제 아니랄까
봐."

"왜 가만히 있는 저를 걸고 넘어가십니까? 제가 어딜
봐서 거지하고 같습니까?"

"……."

"알았다, 알았어. 그보다 테론 좀 씻겨라. 몸에서 나는
냄새가 아주 구수하다."

"헤론은 구걸이 좋은가 봅니다. 아주 구수한 냄새가
몸에 배었습니다. 클린!"

헤론이 마법을 사용하자 그제야 냄새가 가셨다.

"계속 여기서 있을 거냐? 자리를 옮겨 테론이 이곳 말
을 얼마나 배웠는지 알아봐야지."

"공원으로 옮길까요?"

"아니다. 출출하니 음식부터 먹자."

루이가 앞에 놓인 동냥그릇을 살펴본 다음 지긋이 테
론을 바라봤다.

비록 구걸이지만 스스로의 노력으로 벌어들인 돈이
다. 저 정도면 음식 값으로도 충분할 것 같았다.

"테론이 안내해봐."

테론의 어깨가 펴진다.

그래도 소영주와 헤론보다는 이 세상에서 훨씬 오랜
시간을 지냈기에 선배로서의 경험을 알려주고 싶었다.

우선 이곳의 맛을 제대로 보여줘 소영주와 헤론을 놀라게 하기로 결정했다.

'무엇이 좋을까? 그래, 그거다. 흐흐흐! 그 맛을 본다면 소영주님과 헤론은 틀림없이 이 몸을 우러러보게 될 거야.'

정해졌다.

테론이 먹어본 김치찌개라면 소영주와 헤론이 깜짝 놀라리라 판단했다.

매콤하고 새콤한 맛에 테론이 아주 기절할 정도였으니 틀림없을 것이다.

잠시 고민하던 테론이 결정을 내린 듯 걸음이 빨라졌다.

"어서 오세요, 손님."

식당 점원이 친절하게 맞이하며 자리로 안내했다.

테론이 입맛을 다시며 김치찌개를 주문했다. 아찔한 자태만 그려봐도 입 안 가득 침이 고인다.

'흐흐흐! 조금만 있어봐. 이제 음식만 나오면 아주 황홀한 맛에 나를 우러러볼 테니.'

드디어 주문한 음식이 나왔다.

점원은 가져온 김치찌개를 식탁에 올려두고는 다시 불을 붙여 데웠다.

하아!

냄새 한번 죽인다.

가끔씩 맡아보는 냄새지만 언제나 만족감을 준다.

슬쩍 소영주와 헤론을 바라보니 역시나 음식 냄새를 음미하는 모습이 무척이나 만족한 표정이다.

부글부글부글.

찌개가 끓고 있다.

소영주와 헤론은 김치찌개를 무엇으로 먹는지도 모를 터. 이제 선배를 우러러볼 시간이 다가왔다.

어깨에 힘을 주고 목소리를 가다듬고는 소영주와 헤론을 바라봤다.

"커험……."

테론은 잠시 뜸을 들이고는 득의에 찬 표정으로 설명을 시작했다.

"이것은 김치찌개라는 음식으로 아주 매콤하고 새콤한 맛을 냅니다. 그리고 이곳에서 음식을 먹으려면 숟가락과 젓가락을 사용하는데 국물은 숟가락을 사용해 퍼먹으면 됩니다. 그리고."

"응, 젓가락으로 건더기를 먹어야 된다는 말이지. 근데 이 집은 두부를 넣지 않은 것 같은데. 그렇지, 헤론?"

"예. 주방장이 까먹었나 봅니다. 제가 말해보겠습니다."

"……?"

한순간 멍해진 테론.

소영주와 혜론의 대화를 듣고 있자니 작금의 상황이 이해되지 않는다.

도대체 언제 김치찌개를 먹어봤다는 말인가?

가만, 그러고 보니 소영주와 혜론의 옷차림이 다르다.

소영주는 폭이 좁은 까만 바지에 검정색 구두를 신었다.

허리띠는 또 어떤가?

금박의 로고가 박힌, 그 뭐냐, 아주 비싸다는 상표가 아닌가?

혜론도 마찬가지다.

눈같이 하얀 와이셔츠에 정렬적인 붉은 색의 넥타이를 했다.

소영주와 똑같은 모습.

도대체 이해가 가지 않아 그저 멍하니 바라볼 수밖에 없다.

그때 혜론이 식당점원을 불렀다.

"이모님!"

"네, 손님."

답한 점원이 다가왔다.

"이모님. 김치찌개에 두부가 빠졌네요. 바빠서 까먹은 것 같은데요. 그렇죠?"

"네. 손님이 많다보니 실수했네요. 죄송합니다, 손님."

"그럴 수도 있지요. 그보다 김치찌개에 두부가 들어가지 않으면 깊은 맛이 없어요. 두부 많이 넣어주세요."

"네, 손님."

"하아……!"

태론의 두 눈은 크게 떠졌고, 벌어진 입은 다물어지지 않았다.

세상으로의 여행(3)

헤론과 소영주는 점원에게 교대로 말을 건네며 아주
자연스럽게 대화를 주고받았다.

도대체가 이 무슨 상황이라는 말인가?

두달 동안 이곳에 지내면서 열심히 노력한 것은 틀림
없이 테론이었다.

그런데 어떻게 테론보다도 더.

아니다.

테론의 수준과는 비교조차도 할 수 없이 소영주와 헤
론은 이곳에서 오랫동안 살아온 인간들처럼 완벽한 언
어를 구사했다.

아무리 머리를 굴려 봐도 도대체 어떻게 된 일인지 해답이 나오지 않았다.

그때, 점원이 주방에서 하얀 두부를 가져왔다.

실수했다면서 별도로 김치에 두부를 싸서 먹을 수 있도록 서비스까지 주었다.

"이건 보쌈이라는 건데 정말로 맛이 좋아. 한번 먹어 봐."

"그래. 헤론 말이 맞다. 구걸하느라 언제 이런 음식을 먹어봤겠냐. 어서 먹고 몸보신이라도 해라. 두달 만에 보니 십년은 늙어 보인다."

형이라는 헤론도, 저놈의 주군도 미웠다.

만만한 게 헤론이지만 뒤에는 아버지가 계신다.

그렇다고 주군을 어찌할 수도 없어 조용히 일어나 식당을 나갔다.

그리고는……

"으아! 개새끼, 시벌놈, 호로새끼… 아아아아!"

밖으로 나가 한동안 욕설과 고성을 내지른 후 미소를 머금고 들어왔다.

그리고는 헤론을 보며 아주 부드러운 목소리로 말했다.

"일단 맛있는 음식은 마저 먹자. 내가 이걸 먹기 전에 굶어 죽을 뻔했었지. 그럼. 음식은 감사히 먹어야 되는 거야. 암, 그렇고말고. 그런데 헤론. 식사가 끝나면 애기 좀 하자, 알았지?"

"……?"

식사는 즐거웠다.

가끔씩 즐겨먹는 김치찌개지만 먹을 때마다 맛이 달랐
다.

기분에 따라 바뀌는 오묘한 맛이라고나 할까.

어쨌든 루이는 수하가 번 돈으로 음식을 대접받아 기
쁜 맛을 느꼈고, 헤론은 동생이 구걸해서 번 돈이라 슬
픈 맛을 느꼈다.

테론 역시 다르지 않았다.

오늘도 음식을 먹을 수 있게 된 것에 대한 감사함과 마
주한 두 인간에 대한 증오로 쓴맛까지 느끼는 중이었다.

그렇게 각자가 아주 특별한 맛을 느꼈고, 식후에 빼놓
을 수 없는 커피를 마시며 넉넉한 만찬을 즐겼다.

"아주 훌륭한 만찬이었다."

"감사합니다. 허면 시작해도 되겠습니까?"

"그래. 따지고 보면 헤론의 잘못도 있으니 마음껏 울
분을 풀어봐."

"아니, 소영주님. 어째서 저만 잘못한 겁니까? 테론도
제시간에 오지 않았고, 소영주님께서도 동의하셨지 않
습니까?"

루이가 같잖다는 듯 헤론을 바라봤다.

"그래서, 뭐? 내가 테론과 싸워야 해?"

"그렇다기보다⋯⋯."

"시끄럽다. 좋은 말로 할 때 한바탕 해라. 참고로 마법사의 존심을 세우기 바란다."

"⋯소영주님."

만찬도 만족스러웠지만, 무엇보다 가장 재밌는 구경은 싸움이 아니겠는가?

어떻게 이런 기회를 마다할까?

그런 기회를 마다할 루이가 아니었기에 기필코 싸움을 붙이는 중이었다.

적당한 공터로 자리를 옮기자 똥 씹은 표정의 헤론과는 달리 테론의 눈빛은 활활 타올랐다.

투기다.

전투종족 오크에 못지않은 매서운 투기가 테론의 몸에서 피어났다.

"뭐해? 기다리기 지루하니 빨리 시작하자."

루이의 재촉과 동시에 테론이 폭발적인 스피드로 나가면서 마침내 싸움이 시작됐다.

테론의 움직임과 동시에 터져 나온 헤론이 마법은 '슬립(slip)'. 마찰계수를 영으로 만들어버리는 주문이다.

순식간에 바닥이 미끄럽게 변해버리자 테론이 약간 휘청이더니 발바닥에 마나를 보내 중심을 잡았다.

그리고는 미끄러지듯 바닥을 스치며 헤론에게 다가서며 주먹을 뻗었다.

"홀드!"

"파이어 볼!"

테론이 가깝게 다가오자 속박을 건 헤론이 멀찍이 물러나 화염구로 공격했다.

테론은 마나를 움직여 순식간에 속박을 해제하더니, 마나로 감싼 주먹으로 날아오는 화염구를 타격했다.

콰아앙!

화염구가 폭발을 일으키며 뜨거운 열기를 뿜어냈다.

"아이스 피어!"

화염구가 소멸하자 헤론은 연속으로 얼음덩이를 날렸고, 테론 역시 날아오는 얼음덩이를 파괴하며 거리를 좁혔다.

"윈드 컷!"

테론이 주먹과 발로 연이어 공격해오자 급히 쉴드를 두른 헤론이 바람의 칼날을 날리며 재빨리 거리를 벌렸다.

하지만 결국 테론에게 붙잡히며 헤론은 무자비한 주먹 세례를 받았다.

텅텅! 텅텅텅텅!

"쉬, 쉴드!"

"그래. 계속 쉴드만 외치고 있어봐. 마나가 떨어지는 순간에 아주 뭉개버리겠어."

텅텅텅텅!

테론이 계속해서 가격하자 충격을 견디지 못한 헤론의 쉴드가 금이 가더니 '쩌저적' 소리를 내며 깨져버렸다.

퍼버버벅, 퍼버벅!

"아악! 악!"

무지막지하게 공격을 가하던 테론은 헤론의 코에서 붉은 피가 흘러내리자 그제야 구타를 멈추고 일어났다.

그리고는 재차 헤론을 바라보더니 거시기를 차버렸다.

퍽.

"꺼어억!"

헤론의 비명에 곁에서 지켜보던 루이마저 온몸에 소름이 돋았다.

이글이글 타오르는 테론의 시선이 이제는 루이에게로 향했다.

"소영주님. 묻고 싶은 게 있습니다."

속으로는 찔끔했지만, 애써 태연한 표정을 지은 루이.

"응. 궁금한 게 있었어? 얼른 물어봐. 내 시원하게 답해줄게."

"별거 아닙니다. 어떻게 이곳의 언어를 배웠습니까?"

"어! 생각보다 간단하게 배웠어. 헤론이 가져온 책의 내용을 마법으로 머리에 각인시킨 다음 한달 동안 여러 곳을 돌아다니면서 배운 거야."

"그럼 한달 전에 이곳에 왔다는 게 틀림없는 말씀이십

니까?"

"그래. 공원에서 기다렸는데 네가 안 오기에 헤론과 돌아다닌 거야."

"나 참! 그런 간단한 방법이 있었는데 도대체 저를 이곳에 남겨둔 이유가 뭡니까?"

"미안해. 그때는 이 방법을 생각하지 못했어."

"아우, 정말!"

"그만 화 풀어. 그런데 너는 왜 구걸하게 된 거야?"

"말도 마십시오. 일자리를 구하려고 해도 써주지도 않았습니다. 그렇다고 도둑질을 할 수도 없고……."

테론은 두달 동안 있었던 눈물겨운 사연을 얘기했다.

처음에는 굶어죽을 뻔했던 일과 새롭게 만난 패거리에 대해서도 말했다.

"그랬었군. 고생 많았다, 테론."

루이가 안타까운 표정을 지으며 테론의 어깨를 두드려 주었다.

테론은 소영주와 헤론을 데리고 패거리가 거주하는 낡은 폐가로 이동했다.

헤론과 함께 테론이 머무는 곳에 도착하자 패거리들이 맞이했다.

"안녕하세요. 김봉수라고 합니다."

"저는 김민호, 제 동생 김민수입니다."

"반갑다. 나는 헤론. 테론의 형님이야. 그리고 이분은 나와 헤론이 모시는 분."

"루이다."

테론 패거리들은 붙임성이 좋아 처음 만난 자리에서 형님과 동생이 되었다.

"이제 대장은 루이 형아가 되는 거야?"

"그래. 너희들 대장이 모시는 분이니까 새로운 대장이 되는 거야."

꼬맹이 민수가 궁금해서 묻자 헤론이 답했다.

"그럼 대장과 헤론 형아는 싸움 잘해? 테론 형아는 싸움 엄청 잘하는데."

"대장이 되려면 싸움을 잘해야 한다는 거지?"

"응. 대장은 싸움 잘해야 되는 거야."

"그럼 괜찮아. 루이 대장은 싸움 잘해. 테론도 상대가 안 돼."

"진짜?"

"당연하지."

지난 한달 동안 깨달은 것은 이 세상엔 마법사가 존재하지 않는다는 사실이다.

대마법사가 만들었다고 생각한 기물은 과학이라는 학문이 만들어낸 기술의 산물일 뿐 마법자체가 없는 곳이었다.

마법이 없어도 이렇게나 발전된 세상을 만들 수 있다는 사실에 다시금 놀랐지만, 덕분에 더욱 확신을 갖게 됐다.

이곳의 기술만 가져간다면 타나리스는 이드리스 대륙에서 가장 부유하고 강력한 군사력을 지닌 영지가 될 수 있다.

공작가의 옛 영화를 회복할 수 있다는 뜻이다.

물론 그렇게 되기까지는 오랜 시간이 필요하다.

그런 만큼 영지의 급한 상황을 해결하기 위해서는 우선 이곳의 물건을 가져다팔아야 하고 점차적으로 이곳의 기술을 도입해 영지를 발전시켜 나가야 한다.

하지만 그렇게 되려면 먼저 해결해야 할 과제가 주어진다.

돈! 이 세상의 돈이 필요하다.

돈을 벌기 위해 이 세상에서 유일한 마법사인 루이와 헤론이 할 수 있는 일은 없을까?

마법으로 돈을 벌 수는 없을까?

쉽게 해답을 찾지 못했다.

불덩이를 만들어 보인다면 이 세상 사람들이 어떻게 반응할까?

처음에는 열광할 테지만 틀림없이 뒷조사를 하게 될 것이다.

그렇게 되면 이 세상 사람이 아니라는 것이 밝혀질 터.

어쩌면 쫓기는 신세가 될 수 있다.

그러면 영지를 발전시킬 수 있는 기회가 영영 사라져

버리니 마법사라는 사실을 숨긴 채 돈을 마련해야 한다.

패거리들과 신나게 떠들며 웃고 있는 봉수. 테론에게 듣기로는 소매치기라 했다.

저쪽 세상에서 보면 도둑길드에 속한 직업으로 수입은 나름 괜찮다.

그러나 소매치기로는 제품 구입에 필요한 자금을 만들기엔 한계가 존재한다.

더 많은 수입을 올릴 수 있는 직업이 필요하다.

그렇다면 도둑은 어떨까?

저쪽 세상의 도둑길드를 보면 알 수 있듯이 한번의 작업으로 수천수만 골드를 챙겨가기도 한다.

물론 대다수가 잡혀 죽지만 단번에 큰돈을 마련할 수 있는 유일한 직업이다.

그리고 도둑에게 가장 필요한 기술이 있다.

바로 잠긴 금고를 열 수 있는 능력.

드물게는 도둑길드에서 어려운 금고를 열기 위해 고위 마법사를 찾는다.

다시 말해 마법사만큼 잠긴 금고를 쉽게 여는 자들도 없다는 뜻이다.

그런 마법사가 도둑을 직업으로 삼는다면 어떻게 될까?

이곳 말로 표현한다면 여느 도둑들은 감히 명함조차 내밀지 못할 것이다.

'도둑이라…….'

이쪽에 마음이 끌리자 하나의 문제점이 떠올랐다.

이곳의 자물쇠는 저쪽 세상과는 달리 과학기술로 만들어진 전자열쇠가 대부분이었다.

과연 마법으로 과학기술이 만든 전자열쇠를 해제할 수 있을까?

실험을 해보면 알 수 있을 터. 헤론과 함께 시가지로 나섰다.

그리고는 인적이 드문 거리를 돌아다니며 길가에 늘어선 상점들을 대상으로 실험했다.

다행히 걱정은 기우였다.

이곳에서 사용하는 전자식 열쇠도 마법 앞에서는 무용지물이었다.

앞에 보이는 상점도 마찬가지다.

상점을 지나며 '언락'이라는 주문을 외우자 소리 없이 상점의 문이 열리고 도난방지시스템과 연결됐음에도 아무런 경보음조차 없다.

마법이 과학기술보다 우위에 있었다.

결정했다.

도둑질이 나쁘다는 것을 모르지는 않지만, 영지를 위해서라면 양심을 팔아서라도 돈을 만들어야 했다.

한참을 돌아다니며 마법을 실험하던 루이가 벤치에 앉자, 주변을 두리번거리던 헤론이 커피를 뽑아왔다.

뜨거운 김이 모락모락 피어나는 종이컵을 건넨 헤론이 벤치에 마주앉았다.

지금 헤론의 심장은 거세게 뛰고 있다.

좀처럼 나서지 않는 소영주가 테론과 함께 움직이며 마법을 실험했다.

그것도 여러 번 마법을 사용하며 심혈을 기울이는 모습을 보여주었다.

소영주가 저런 모습을 보일 때면 어김없이 전면에 나서서 일을 처리하고는 했다.

오랫동안 소영주를 보필해왔던 헤론이 모를 수 없었다.

한데 지금은 몬스터와 전투를 벌이는 것도 아니다.

"설마 소영주님께서 직접 움직일 생각은 아니시죠?"

헤론이 물건을 훔치는 것과 루이가 훔치는 것은 다르다.

루이는 누가 뭐래도 대 타나리스 공작가의 소영주로, 추후 영지의 주인이 되실 분이다.

"빵 살 돈도 없고, 누구도 도와주지 않아 동생들이 굶어죽게 생겼다. 그런 네 앞에 빵이 있다면 어떻게 하겠느냐?"

"당연히 동생에게 빵을 먹여야지요. 미안하지만 주인은 빵 하나 사라진다고 망하지는 않을 겁니다."

"맞다. 그깟 빵 하나 때문에 주인이 망하지는 않는다.

그렇지만 네가 훔친 빵으로 동생들의 생명을 구할 수 있다."

"설마, 소영주님께서……."

"맞다. 한사람의 희생으로 영지민이 잘 살수 있다면 값진 일이 아니겠느냐?"

루이가 헤론을 지긋이 바라봤다.

흑마법사(1)

"이곳의 물건을 구입해갈 돈을 만들어야겠다."

"하지만 소영주님께서 어찌."

"헤론?"

"예. 소영주님."

"내가 아니다. 네가 영지를 위해 해야 할 일이다."

"제가요?"

루이가 말없이 고개를 끄덕였다.

"…알겠습니다. 당연히 제가 해야지요."

"그렇다고 자책할 필요는 없다."

"……."

"사실 따지고 본다면 이게 다 헤론 너를 위한 일이다. 내가 직접 도둑질을 한다면 보는 네 마음이 얼마나 찢어지겠냐? 그렇지 않느냐?"

"그야 뭐."

루이의 시선이 싸늘해졌다.

"그, 그렇죠."

"맞다. 아마도 너는 주군을 위해 네가 직접하고 말 것이 틀림없다. 그럴 바에야 처음부터 네게 맡기는 게 너의 마음을 아프지 않게 하는 길이 아닐까 생각했다."

논리가 조금 이상하지만 결론은 틀리지 않는 말이었다.

"일은 비밀로 할 것이니 그 점은 신경 쓰지 않아도 된다."

순식간에 새로운 일거리를 만들어주며 헤론의 직업까지 정해버리는 소영주였다.

보금자리로 돌아온 헤론은 이 세상의 인간이면서 바닥의 생리에 해박한 봉수를 조력자로 선택했다.

직업 또한 소매치기. 조력자로서는 더할 나위 없이 훌륭하다.

봉수 또한 어떤 열쇠라도 해제할 수 있다는 헤론의 말에 큰 관심을 보였다.

금고만 해제한다면 그만큼 작업이 쉬워진다.

돈이 된다는 뜻. 흔쾌히 조력자가 되기로 결정했다.

다만 헤론은 되도록 나쁜 사람들의 금고만을 털겠다는 목표를 세웠다.

그런 자들은 개인의 치부가 알려지는 것을 원치 않아 금고가 털려도 웬만해서는 신고하기를 꺼린다.

이 세상이나 저 세상이나 구린 놈들의 행태는 똑같다.

"큰물에서 놀아야 큰 고기를 잡는 법이야. 우리도 아지트를 옮기는 게 어때?"

루이는 이런 읍내가 아니라 서울로 가려고 생각했다.

돈을 가진 자들도 서울에 월등하게 많을 터. 가진 자들이 많을수록 나쁜 놈들을 골라내기가 쉽다.

털어먹을 놈들이 많다는 것.

"그럼 어디로 옮기면 좋을까요?"

"물어볼게 뭐 있어? 이 나라에서 제일 큰 도시로 진출해야지. 서울로 가자."

"서울로요?"

루이의 말에 모두가 동시에 되물었다.

"그래. 수도 서울. 천만 인구가 살아간다는 대도시. 거대한 도시답게 수많은 종류의 인간들이 살아가는 곳으로 진출하자."

헤론도 서울로 진출하자는 루이의 의견에 동의했다.

많은 인구를 가진 거대도시를 기반으로 둔다면 부를 축적하기가 더욱 쉽다.

그날 테론의 패거리, 아니, 이제는 루이의 패거리가 된

식구들은 새로운 사업의 무궁한 번창을 기원하며 성대
한 파티를 벌였다.

이 세상에 최초로 마법을 사용하는 도둑이 탄생했다.

* * *

서울로 아지트를 옮긴 다음 소영주는 테론과 함께 돌아
갔고, 이제는 테론을 대신해 헤론이 남게 됐다.

남겨진 헤론에게 내려진 특명은 돈!

소영주로부터 이곳의 물건을 구입할 수 있도록 자금을
만들어 두라는 절대 명제의 임무를 부여받았다.

소영주의 명을 이행하고자 헤론은 봉수를 통해 여러 가
지 정보를 얻었다.

그 후 고요한 새벽에 첫 사업을 벌이고자 임시로 마련
한 거처를 나섰다.

군데군데 위치한 가로등이 주변 어둠을 비켜나게 하지
만 가로등 불빛만 없으면 역시나 짙은 어둠이다.

빛마저 비켜선 검은 세상에 조용히 숨을 죽인 두 인영.

둘의 모습은 온통 검다.

상하의 검은색 옷을 걸쳤고, 신발도 밑바닥까지 검은색
이다.

검은색 가죽장갑을 꼈고, 머리마저 검은 두건을 착용했
다.

흔한 영화에 등장하는 그런 모습으로 누가 봐도 도둑이라 생각할만한 차림새였다.

어둠 속에 숨은 헤론과 봉수의 뜨거운 시선을 받는 곳에는 제법 큰 주택이 자리했다.

담벼락만 족히 3미터가 넘어 보이는 이층 주택으로 정원의 넓이만 해도 여러 채의 작은 주택을 짓고도 남을 정도다.

땅값이 비싼 서울에서 저 정도 크기의 주택이라면 저택이라 불러도 손색이 없을 터였다.

깨끗하게 관리된 정원, 넓게 깔린 잔디사이로 요소요소 자리한 키가 낮은 조경수는 한 그루에 수천만원을 호가하는 적송이다.

"감시카메라의 위치만 가르쳐드리면 되죠?"

"그래. 감시카메라는 나도 어쩌지 못해."

어둠 속에 숨어 있던 봉수가 앞장서며 교묘하게 카메라의 사각지대를 이용해 헤론을 이끌었다.

철컥.

저택의 정문에 이르자 헤론의 마법이 발현되며 굳게 잠겨있던 출입문이 밤손님을 맞이했다.

조용히 출입문을 밀자 정원으로 오르는 계단이 나타나고 카메라의 사각지대를 따라 움직이던 봉수가 멈췄다.

저택을 순찰하는 경비원과 경비견이 다가온다는 뜻이었다.

봉수가 바라보자 고개를 끄덕인 헤론이 손가락을 튕기며 '슬립' 마법을 발현했다.

동시에 다가오던 경비원과 경비견이 쓰러졌다.

"와! 대단합니다. 손가락만 튕기면 문이 열리고 사람이건 동물이건 잠들어 버리네요."

"배우고 싶어?"

"옙! 가르쳐만 주신다면 무슨 일이든 다 하겠습니다."

"좋아. 네가 하는 거 봐서 결정할게."

정원을 지나자 내실로 향하는 문이 가로막았지만 헤론의 손짓 한번에 옆으로 비켜선다.

거실과 1층을 훑어봐도 금고를 숨겨둔 장소가 보이지 않았다.

그렇다면 금고는 주인의 침실에 있을 터. 2층으로 올라와 곤히 잠든 노부부의 침실에 들어섰다.

틱!

헤론이 노부부가 깨어나지 않도록 미리 잠재우자 봉수가 머리맡에 걸린 그림을 밀쳤다.

마침내 오늘의 목적물인 금고가 드러났다.

철컥—

헤론의 주문에 채권과 지폐뭉치, 달러가 가득한 금고가 속살을 드러냈다.

"우와! 무슨 돈이 저렇게 많아."

봉수가 연신 감탄사를 내뱉었다.

금고에 보관된 돈이라면 패거리가 살아갈만한 작은 보금자리 정도는 충분히 마련할 수 있어보였다.

잠시 동안 금고를 감상하던 봉수가 가져온 배낭에 차곡차곡 돈뭉치를 쌓았다.

"와! 배낭이 작습니다. 다음부터는 큰 것을 가져와야겠습니다. 흐흐흐!"

금고에 있는 돈은 배낭을 가득 채우고도 남았기에 재킷 안주머니까지 돈다발을 쑤셔 넣는 봉수다.

그렇게 밤손님이 된 마법사의 첫 작업은 두둑한 보상과 함께 무난히 성공했다.

* * *

차원홀이 소재한 공동에 도착하자 패밀리로부터 사념이 전해져 왔다. 저쪽 세상에 다녀올 동안 몽마가 다녀갔다는 뜻이다.

게다가 패밀리를 통해 몽마를 추적한 결과 놀랍게도 소환 주체인 흑마법사가 영지에 거주하고 있었다.

아마도 놈은 영주성에 흑마법사가 존재할 줄은 전혀 예상하지 못한 듯했다.

방심이 낳은 결과다.

그러나 놈은 최소한 6서클의 흑마법사다.

놈과 맞상대하려면 최상급의 단계에 오른 기사가 필요

하고 7서클에 오른 흑마법사라면 마스터가 있어야 한다.

물론 타나리스에는 최상급의 단계조차 개척한 기사가 없어 놈과 일전을 벌이기엔 지닌 전력이 부족했다.

유일한 방법은 압도적인 병력을 동원하는 것뿐이다.

허나 그마저도 놈이 도망치고자 마음먹는다면 잡아두지 못한다.

어쨌든 놈의 거주지를 알아냈으니 가만 둘 수는 없는 법. 집무실에 도착하는 즉시 영지 기사단을 소집했다.

"아론입니다."

"들어오세요."

아론이 기사단을 소집한 이유를 궁금해하자 아버지가 앓고 있던 병세에 관해 이야기를 꺼냈다.

설명을 듣던 아론의 표정이 시시각각으로 변했다.

"세상에! 허면 흑마법사가 벌인 짓이라는 겁니까?"

조용히 고개를 끄덕였다.

"하온데……."

흑마법사가 벌인 짓인 줄 어떻게 아는지 궁금한 표정이다.

이미 고위급 사제를 모셔와 치료까지 했음에도 병세는 완화되지 않고 깊어만 갔다.

더 이상 손쓸 방법도 없던 와중에 내가 원인을 규명했으니 이상함을 느끼는 것은 당연할 것이다.

"흑마법사가 아니었다면 결코 알아내지 못했을 겁니다."

"예에? 소영주께서 흑마법사라는 말씀이십니까?"

분명히 황도로 가기 전까지 백마법사의 길을 걷고 있었으니 이해가 되지 않았을 것이다.

헤론에게 말했던 대로 설명할 수밖에 없었다.

"그렇군요."

납득은 했지만 다소 불편한 느낌을 받는 모양이다.

작금의 시대엔 흑마법이 배척받고 있었으니 어찌 보면 당연했다.

게다가 아버지를 저렇게 만든 자도 흑마법사가 아닌가.

"몽마를 소환할 정도면 놈이 최소한 6서클이라는 뜻입니다. 굉장히 어려운 싸움이 될 겁니다."

거두절미하고 다시금 놈의 단계에 관해 설명하며 기사단을 비롯해 영주성에 주둔한 영지군을 최대한 동원하라는 명을 내렸다.

영주성 외곽.

놈은 몇 채의 주택이 모여 있는 곳을 거주지로 삼고 있었다.

아론의 지시를 받은 백명이 넘는 병사가 은밀하게 놈의 거주지를 포위하자 곧바로 로이드를 소환했다.

로이드가 주변을 둘러보며 물어왔다.

―준비가 다 됐누?

"그래. 저기에 놈이 있어."

―알겠다누. 수하들 데려올 테니 다시 부르라누.

나 또한 6서클이지만 아직은 마법의 운용능력이 원활하지 못하다.

즉, 놈과 전투를 벌인다면 당연하게도 필패다.

놈이 6서클이라는 가정 하에 말이다.

그래서 준비한 건 영지 기사단과 영지군 그리고 로이드가 거느린 다수의 악마다.

군주급의 악마라면 별도의 소환진을 통해 휘하의 수하들과 함께 인간 세상에 강림할 수 있다.

비록 하급 악마일지라도 로이드 또한 영지를 가진 군주. 다수의 악마를 소환해 부릴 수 있다며 전투에 큰 도움이 될 것이다.

다만 소환진을 모른다는 게 문제였지만, 그마저도 스승님의 서재에서 답을 찾았다.

'흑마법사의 하수인'

악마를 부르기 위한 소환진을 다룬 마법서다.

로이드를 소환할 때보다 더욱 복잡하고 거대한 소환진이 그려지고 마나가 활성화되자 지옥사냥개를 탄 수십 마리의 임프가 차례대로 모습을 드러냈다.

로이드가 이끄는 무리로 임프 군단이라고 불러도 손색

이 없을 정도였다.

"소영주님?"

결코 본적이 없던 악마들이 등장하자 아론을 비롯한 영지 기사단과 영지군이 경악했다.

"내가 부리는 소환수니 경계하지 않아도 됩니다."

흑마법을 배척하는 풍조가 만연해지다보니 실제로 흑마법사의 위용을 접할 기회가 없었기에 모두가 긴장한 표정이다.

사실 나 또한 처음이라 내심 놀라는 중이었고.

―준비됐다누.

로이드가 수하들의 배치를 끝냈다.

이제 놈과의 전투를 벌여야 할 때다.

"시작하죠."

명을 내리자 아론이 기사단을 이끌고 주택에 다가선다. 동시에 임프 군단의 공격이 시작됐다.

쿠쿠쿠앙.

콰콰콰앙.

수십개의 화염구가 주택을 향해 날아가 거대한 폭발을 일으켰다.

"웬 놈들이냐?"

주택이 불타오르자 마나를 담은 커다란 외침과 함께 붉은 화염을 뚫고 인영이 치솟았다.

눈처럼 새하얀 백발에 가슴까지 흘러내린 흰 수염을 휘

날리며 허공에 고고히 멈춘 자.

패밀리를 통해 봤던 놈이다.

"저놈이다. 잡아!"

또다시 수십 개의 화염구가 폭발을 일으키고 동시에 아론이 기사단을 이끌고 놈을 향해 쇄도했다.

"클클! 가소로운 놈들."

놈이 비릿한 미소를 지었다.

그럴 만도 했다.

임프 군단의 공격으로는 놈의 쉴드를 어쩌지 못했고, 지옥사냥개가 보유하고 있는, 마법을 무효화시키는 기술도 무용지물이었다.

더구나 자신의 주변에 맹독을 일으켜 기사들이 다가서지 못하게 한 후, 어둠의 화살로 공격하며 은밀하게 부패의 씨앗을 심는다.

상황에 맞게 마법을 운용하는 것을 보니 예상대로 쉬이 상대하기 어려운 놈이었다.

그래도 다행스러운 점은 놈이 만들어내는 어둠의 화살이 여섯 개라는 것이다.

놈은 6서클이었다.

흑마법사(2)

첫 공격을 버텨낸 놈이 주변을 둘러싼 임프를 보고는 흥미롭다는 표정을 보였다.

수십의 임프를 부린다는 것은 소환수가 군주 급의 악마라는 뜻이다.

그러나 하위 악마로는 자신을 어쩌지 못한다는 것을 알기에 표정만큼은 여유로웠다.

게다가 자신에게 다가오는 기사들조차 선두에선 아론을 제외하곤 모두가 상급에 이른 자들이라는 것을 알아챈 듯 했다.

안전하다는 것을 확신했는지 놈의 시선이 나에게로 향

했다.

"어린놈이 운이 좋구나."

내 나이가 사백살이 넘었다. 요놈아! 이렇게 내뱉고 싶었지만.

"내가 천운을 타고 난 것은 사실이야. 반면에 네놈이 나를 만난 건 최대의 불행이고."

그렇게 답하고는 아론에게 쉴드를 둘러주었다.

놈이 경계심을 무너뜨린 틈을 이용해 공격하라는 뜻이었다.

마음이 전해진 것인지 아론이 빠르게 접근했고, 때를 같이해 임프 군단의 화염구와 영지군의 화살이 쏟아졌다.

그럼에도 놈은 자신의 쉴드를 믿는 듯 여전히 여유만만했다.

그러나 놈의 방심이 가져온 결과는 끔찍했다.

6서클의 위력을 가진 어둠의 화살이 임프 군단의 화염구에 묻혀 놈을 타격한 것이다.

"커헉!"

놈이 짧은 비명을 내질렀다.

됐다.

마법의 운용능력은 미흡했지만 위력만큼은 제대로다.

"누, 누구냐?"

당황한 놈은 내가 6서클이라는 사실을 모른 체 또 다른 흑마법사를 찾았다.

내 공격이 통한다면 더는 두려워 할 이유가 없다.

더욱이 임프 군단과 기사단, 영지군이 함께하기에 스스럼없이 앞으로 나서며 어둠의 화살을 생성했다.

"네, 네 놈이 어떻게……."

머리 위로 여섯 개의 어둠의 화살이 만들어지자 놈이 경악했다.

놀랄 만도 할 것이다.

고작 열일곱의 나이에 6서클에 오른 입지적인 인간을 마주하고 있으니 말이다.

하지만 로이드와 아론은 놈이 당황한 순간을 놓치지 않았다.

재차 임프 군단의 거센 공격이 이어졌고, 놈에게 다가선 아론이 허공으로 뛰어올랐다.

나 또한 그 순간을 놓치지 않고 어둠의 화살로 놈을 공격했다.

쿠콰쾅.

커다란 폭발이 이어지고 마나로 감싼 아론의 검이 쉴드를 찢고 놈을 베는 게 보였다.

"크아악!"

승부가 났다.

놈이 커다란 비명을 내지르며 아래로 떨어지자, 쉴드가 사라진 것을 확인한 로이드가 재차 공격을 이어갔다.

붉은 화염이 아닌 푸른 불꽃이 일렁이는 지옥의 업화가 놈을 타격했다.

"아!"

탄식을 내뱉을 수밖에 없었다.

로이드가 공격하는 순간 놈의 형체가 흐릿해지며 모습을 감춰버렸다.

안타까웠다.

6서클 마법을 자유롭게 운용할 수 있었다면 충분히 공간을 장악했을 터였다. 그랬다면 놈이 달아나는 것을 방해해서 사로잡았을 것이다.

놈이 달아나자 아론도 당황한 표정을 지었다.

"송구합니다. 놈을 놓쳤습니다."

놓친 게 아니었다.

놈은 꺼지지 않는 업화의 불꽃에 피격 당했다. 시간이 문제지 놈이 죽는 건 마찬가지였다.

그런데.

─놈이 도망쳤다누.

로이드가 뜻밖의 말을 꺼내며 놈이 있던 곳을 가리켰다.

"허……!"

그곳엔 주인을 잃은 팔 한쪽이 푸른 불꽃에 타들어가고 있었다.

놈은 살아서 도망친 것이다.

뭐, 어찌 보면 잘된 일이다.

자신에 버금가는 흑마법사가 존재한다는 것을 안 이상 더는 몽마를 보내오는 일은 없을 테니 목적한 바는 이루고도 남았다.

게다가 놈을 사주한 자가 누군지 밝혀낼 수 있는 기회 또한 사라지지 않았다.

놈이 6서클이라는 사실도 알았으니 마법 운용이 원활해지면 놈을 사로잡는 것도 어렵지 않을 것이다.

"수고했다."

—놈을 죽이지 못해 안타깝다누.

"괜찮아. 다음에 죽이면 될 거야."

로이드에게 육포를 한가득 건네며 수하들에게 나눠주도록 했다.

—고맙다누.

"그리고 이건 너에게 주는 특식."

—뭐다누?

"라면이라는 건데 아주 죽이는 맛이다."

라면을 먹는 방법을 가르쳐 주었다.

난생처음 보는 음식을 받은 로이드는 아주 마음에 들어 하는 눈빛이었다.

—그럼 돌아간다누.

"그래. 나중에 보자."

로이드와 함께 임프 군단을 돌려보낸 후, 아버지를 찾

았다.

여전히 잠들어 계시지만 곧 깨어날 터.

공작가의 가장 큰 근심이 사라지게 됐다.

* * *

저쪽 세상에서 가져온 물건을 거래하려면 발품을 팔수밖에 없어 테론을 데리고 영지와 가까운 라둔 공국과 인페르노 공국을 방문했다.

"헤론을 혼자 두고 와 걱정됩니다. 싸움도 못 하는데 잘할 수 있을까요?"

"헤론의 마법도 약하진 않으니 괜찮을 거야."

"하긴. 저쪽 세상엔 마나를 다루는 자들이 없으니 흉기를 사용해도 헤론의 쉴드는 뚫지 못하겠습니다."

"네 말도 맞지만 지닌 마나가 무한하지 않은 이상 항상 조심해야지. 숫자 앞에선 답 없다."

"그도 그렇군요."

"저곳이 라둔 상단이지."

"예. 마지막으로 들를 곳입니다."

먼저 방문한 인페르노 공국에서는 여러 건의 계약에 성공했다.

마지막으로 방문하는 곳은 공국에서 직접 운영하는 상단으로 가장 규모가 크다.

이미 약속이 잡혀 있었기에 도착하자마자 곧바로 상단
주와 마주 앉았다.

"어서 오십시오. 라둔 상단을 이끄는 카일입니다."

"시간을 내주셔서 감사합니다. 루이라고 합니다."

간단하게 인사를 주고받은 후 곧바로 거래에 들어갔
다.

"처음 보는 물건이군요."

"성냥이라는 제품으로 이것만 있으면 언제 어느 곳에
서나 불을 만들 수 있습니다."

"그래요?"

마법사가 아니어도 언제든지 불을 만들 수 있다는 말에
카일 상단주가 깜짝 놀랐다.

"그렇습니다. 사용법을 보여드릴까요?"

상단주가 궁금하다는 표정을 지었다.

눈짓을 보내자 테론이 성냥을 사용해 불을 만드는 시범
을 보였다.

"오오! 신기하군요."

"한번 사용해 보시지요."

테론이 했던 것처럼 상단주가 성냥을 긋자 역시나 불꽃
이 일어났다.

신기한지 타오르는 불꽃을 살짝 만져보고는 고개를 끄
덕인다.

"대단한 물건입니다. 성냥이라는 것만 있으면 장소에

상관없이 누구라도 불을 피울 수 있겠습니다.”

“그렇습니다. 타나리스 영지와 거래를 턴다면 아마도 귀 상단에서는 큰 이득을 보실 겁니다.”

“솔직히 욕심나는 제품이기는 합니다. 가격만 적당하다면 틀림없이 대량으로 팔려나갈 제품입니다.”

카일 상단주는 상당히 높은 가격이 책정됐을 것으로 판단했다.

그렇더라도 상단에는 큰 이득을 가져다줄 제품이 틀림없었기에 내심 거래를 트리라 생각했다.

“보시다시피 성냥은 마법 기물과 다르지 않습니다. 해서 한각에 5실버로 정했습니다.”

‘5실버라.’

마법기물과 다르지 않음에도 5실버라니. 예상외로 저렴했다.

가격을 흥정할 이유가 없었다.

“좋습니다. 그 정도 가격이면 적당해 보입니다.”

성냥 한각에 5실버면 저쪽 세상의 화폐로 환산하면 5만 원이다.

실제로 성냥 한각을 구매하는 가격은 이천 원에도 미치지 못한다.

그럼에도 스무 배를 넘게 받았다.

엄청난 폭리를 취하는 중이지만 모두가 탐을 낼만큼 뛰어난 제품이기도 했다.

"허면 포장은 어떻게 됩니까?"

"작은 상자에는 20각, 큰 상자는 100각이 들어갑니다. 거래를 원하시면 생산 물량을 파악할 수 있도록 선주문을 넣어 주셔야 합니다."

"그러면 100각 들이로 천 상자를 주문하겠습니다. 그리고 사정을 봐서 물량을 늘려가겠습니다."

"좋습니다. 선금은 30%입니다. 나머지는 인도 후에 받겠습니다."

거래가 시원하게 성사되며 계약서에 서명을 했다.

이번에도 주문을 받으면서 30%의 선금을 받아냈다.

거래를 마치자 테론이 존경스럽다는 표정을 지었다.

이곳 라둔 공국에서는 성냥과 비누, 자기 그릇만으로도 만 골드가 넘는 선금을 받았고, 헤론이 찾은 살트를 판매하고 받은 선금을 합한다면 이만오천골드가 넘었다.

인페르노 공국에서 받은 선금까지 합친다면 무려 사만골드가 넘는 대금을 손에 쥐었다.

한달만에 영지의 1년 예산과 맞먹는 수입을 올려버린 것이다.

"테론이 큰 공을 세웠어."

"도움이 됐다니 기쁩니다. 앞으로 저희 영지가 대륙에서 가장 부유한 곳이 됐으면 좋겠습니다."

"틀림없이 가능할 거야. 아니, 꼭 그렇게 되도록 만들어야지."

라둔과 인페르노 공국을 방문해 거래를 트는 것만으로도 두달 가까운 시간이 지나버렸다.

계속해 주변국을 돌며 거래를 트고 싶었지만, 그만두기로 했다.

어차피 시간이 지나면 소문은 퍼질 것이고 그러면 더 많은 상단이 영지를 방문할 것이다.

무리할 필요 없이 이 정도 자금을 마련한 것에 만족하기로 했다.

그보다 거래를 턴 상단이 영지를 방문하기 전에 상점거리를 만들어야 했다.

최대한 많은 종류의 물건을 진열해야 한번에 더 많은 제품을 홍보할 수 있다.

그렇게 된다면 추가로 주문받는 물량은 상상을 초월할 터. 어쩌면 한번의 거래로 영지의 재정이 크게 나아질 것이다.

이것이 영지에 개설하는 상점이 중요한 이유다.

물론 이후에는 저쪽 세상의 백화점과 같은 거대한 상점을 여는 게 목표다.

계획은 많고 갈 길은 바쁘다.

그러나 가장 먼저 해결해야 할 문제가 남아 있다.

바로 가신 가문과의 단판, 그리고 여러 상단에서 주문받은 물건을 저쪽 세상에서 가지고와야 한다.

시간이 촉박하다.

영주,
재벌이 되다

"이제 영지로 돌아가실 겁니까?"

"아니 마탑에 들렀다 가야지."

"마탑요?"

"그래. 저쪽 세상에서 주문받은 물건을 가져오려면 대용량 마법 배낭을 준비해야지."

"아……!"

소량의 물건을 보관하는데 유용한 마법 주머니와는 다르게 마법 배낭은 마법을 다루는 자가 아니라면 사용하지 못한다.

더구나 마탑에서 독점으로 제작해 판매하는 제품으로, 탑에서 벌어들이는 부의 상당 부분을 차지하기에 오랜 세월 제작 방법을 공개하지 않고 있었다.

그리고 마법이 7서클에 오른다면 아공간이라는 별도의 보관공간을 가질 수 있는데 이 역시 마법 수식이 필요하다.

물론 마법 수식 또한 마탑에서 가지고 있다.

다만 엄청난 가격에 판매할 뿐만 아니라 타인에게 알려주지 못하도록 마나의 서약까지 받아서, 여전히 마탑에서 독점 중이었다.

게다가 마법을 다루어야 하고 비싼 가격이라는 두 가지 문제로 인해 아주 유용한 물건임에도 사회 전반에 퍼지지 못했다.

물론 규모가 큰 상단은 마법사를 고용해 은밀한 물건이

나 아주 고가의 물건을 옮길 때 마법 배낭을 사용하지만, 대다수 상단은 수레를 이용한다.

마탑에서 대용량 마법 배낭을 구매한 다음 영지로 돌아오자 석달이라는 시간이 흘렀다.

돌아오자마자 아론과 에반스가 찾아왔다.

"원로에 고생하셨습니다."

"영지를 위한 일이니 감내해야지요."

"송구합니다. 소영주님께서 백방으로 노력 중이신 것을 알면서도 아무런 도움이 되지 못했습니다."

"아닙니다. 헤론과 테론이 많이 도와주고 있습니다. 더구나 경이 있으니 마음 놓고 영지를 비울 수 있지 않습니까."

"…그렇게 생각해주시니 감사합니다. 하옵고 일전에 말씀하신 상점 거리는 어찌하실 요량이십니까?"

"이미 계획은 세워두었습니다. 그보다 영지 내 건축업자나 목수들에 대한 파악은 끝났습니까?"

"예. 말씀만하시면 언제든지 데려올 수 있습니다."

"좋습니다. 곧바로 영주성으로 불러오세요."

"예. 소영주님."

"그리고 집사는 없는 살림을 꾸린다고 고생이 많았지요?"

"…아닙니다."

에반스는 의기소침해 있었다.

저런 모습이 어제오늘의 일은 아니지만, 이제껏 에반스의 어깨를 펴주지 못했다.

 공작가의 살림을 책임지는 에반스의 어깨를 활짝 펴게 하는 것은 다름 아닌 돈, 공작가의 살림만 넉넉해진다면 집사의 어깨는 절로 펴진다.

 루이가 만면에 웃음을 띠며 주머니를 꺼내놓았다.

 "이게 무엇입니까?"

원하는 것은 주겠다

　물론 에반스가 짐작하지 못하는 것은 아니다.

　영지를 다스리는 소영주가 집사 앞에서 주머니를 꺼내놓을 이유가 뭐가 있을까?

　당연히 영주성에서 사용할 비용을 충당하라는 뜻일 터였다.

　집사의 오랜 경력으로 보아 소영주가 꺼내놓은 주머니에 금화가 들어 있다면 적어도 50골드는 될 것이다.

　귀족가에서 사용하는 비용으로는 턱없이 적은 돈이지만 공작가의 현실은 다르다.

　분명히 살림에 큰 도움이 될 터였다.

"내 집사의 처진 어깨를 보고 있을 때면 마음이 편치 않았습니다. 해서 집사에게 자그마한 선물을 드리는 겁니다. 직접 풀어보세요."

에반스가 울컥한 표정을 지었다.

조상 대대로 모셔오고 있는 가문이 어떤 곳인가?

대륙에서 둘째가라면 서러워할 명가 중의 명가가 타나리스 가문이었다.

비록 예전의 명성과 부는 사라졌지만, 에반스의 마음속에선 여전히 대륙 최고의 가문이었다.

그런 가문을 모시고 있었지만 타 영지의 집사들을 만날 때면 처지가 비교되어 가슴에 응어리가 맺혔었다.

울화가 치밀었지만 소영주의 따뜻한 한마디에 얼었던 마음마저 녹아내렸다.

"소, 소영주님……."

"뭐 하세요. 어서 풀어보세요."

여전히 얼굴 가득 웃음을 띠는 소영주였다.

에반스는 떨리는 손으로 소영주가 꺼내놓은 주머니를 조심스럽게 살펴봤다.

살짝 입구를 열어젖히자 누런 자태를 뽐내는 금화가 모습을 드러냈다.

생각대로 모두 금화다.

"언제부터 타나리스 가문의 집사가 그렇게 소심해졌습니까? 그냥 쏟아보세요."

"그렇게 하시죠. 저도 금화를 구경한 때가 언제였는지 기억조차 나지 않습니다. 이번 기회에 눈 호강이나 해봅시다."

단장인 아론마저 금화를 구경하고 싶다며 에반스에게 주머니를 쏟아달라고 부탁했다.

아론을 바라보던 에반스가 주머니를 거꾸로 들었다.

촤르르르 촤르르르.

황금빛 자태를 뽐내는 금화가 주머니에서 쏟아져 내렸다.

그런데 쏟아지는 금화의 끝이 보이지 않았다.

누런 금화 사이로 간간히 은빛을 뿜어내는 은화도 보였지만, 몇 닢만 제외하면 모두가 금화다.

촤르르르.

그렇게 끝날 것 같지 않던 금화의 행진이 멈추었다.

에반스가 할 말을 잊었고 아론 또한 마찬가지였다.

"…소, 소영주님?"

"소영주님. 이렇게 많은 금화가 어디서 났습니까?"

"물건 값으로 선금을 받은 겁니다."

"허면 일전에 보여주셨던 물건을 담보로 판매대금을 미리 받으셨다는 말씀이십니까?"

"예. 테론과 함께 가까운 인페르노 공국과 라둔 공국을 돌아다니며 받은 계약금입니다."

"허허. 소영주님께서는 장사에 재능이 있으신 것 같습

니다. 그럼 이 돈으로 물건을 구매해 중간 마진을 보실 생각이군요."

"물건을 구매할 돈은 별도로 마련해 두었습니다. 이 돈은 영지를 위해 사용할 생각입니다."

영지에 상점 거리를 어떤 방식으로 만들 것인가에 관해 설명했다.

제법 큰 공사가 시작되는 만큼 많은 영지민이 고용돼 수익을 올릴 수 있고 상점 거리가 완성되면 새로운 일자리가 창출된다.

영지민에게 영구적인 일자리가 제공된다는 뜻이다.

"소영주님 말씀대로 상점 거리를 시작으로 점차 일자리가 많아지면 좋겠습니다. 당장 인부들을 데려오겠습니다."

"예. 바로 공사를 시작할 수 있도록 준비하시고 건물의 형태는 별도로 설명하겠습니다. 기술자들이 도착하면 내게 알려주세요."

"예. 소영주님."

아론이 기술자들을 데려오자 그들을 모아놓고 저쪽 세상에서 봤었던 건축양식을 설명했다.

기술자들이 이해하지 못할 때면 그림까지 그려가며 상세히 설명해주었고, 마침내 그들도 전하고자 하는 의도를 이해했다.

그렇게 상점 거리의 공사가 시작됐다.

양쪽 세상을 오가는 차원홀이 위치한 주택도 마찬가지다.

직접 공사를 감독하며 드러나서는 안 되는 비밀을 가진 지하 공동을 감추고자 했다.

공동에는 지상과 연결된 영구적인 이동 마법진을 만들어 물건을 쉽게 옮길 수 있도록 조치했고, 집무실에서도 언제든지 이동이 가능하도록 했다.

또한 주택을 빙 둘러 5미터가 넘는 축성을 쌓아 밤낮으로 경계병을 배치한다면 외부의 침입을 차단할 수 있다.

뿐만 아니다.

내부에 환영 마법진까지 만들어 둔다면 차원홀이 위치한 주택은 허락받은 자를 제외하고는 누구도 출입할 수 없는 철옹성으로 변할 터였다.

외부의 축성공사와 상점 거리 공사는 계획대로 진행됐고, 주택의 내부 공사는 마무리 단계다.

이제는 헤론이 있는 저쪽 세상에서 주문받은 물건을 가져와야 한다.

"소영주님. 그자들이 도착했습니다."

하지만 그 전에 해결해야 할 일이 있다.

바로 가신 가문과의 문제다.

이자를 지급하기까지 다소간의 시간이 남았다.

하지만 가신 가문과의 문제로 심력을 낭비할 필요가 없다고 판단해 아론에게 명해 모두 불러들였다.

부름을 받은 가주들이 공작가의 집무실에 모여 소영주와의 담판을 기다렸다.

"이번엔 공부인께서 자금을 빌리지 못한 것으로 파악됐습니다."

"그렇겠지요. 몇 년 동안 세인트 가문의 곡물가격을 떨어뜨리고자 큰 손해를 감수하지 않았습니까?"

"맞습니다. 차라리 검을 들고 전쟁을 하는 게 낫지 그 짓은 두번 다시 못하겠습니다."

"휴우… 그래도 성공했습니다."

가신 가문은 공작가에서 자금을 빌리지 못한 것으로 추측했다.

그랬기에 이자의 지급일이 남았음에도 새로운 협상을 요구하고자 공작가 그들을 부른 것으로 판단했다.

"허면 계획대로 밀고 나가면 되겠습니다."

"물론입니다. 이자를 지급하지 못한다면 우리의 요구를 들어줄 수밖에 없습니다."

그때 집무실의 문이 열리며 집사 에반스의 우렁찬 목소리가 울려 퍼졌다.

"후작님께서 드십니다."

루이가 집무실에 들어서자 모두가 일어났다.

비록 독자적인 세력을 형성했지만 아직은 엄연한 가신들. 더구나 모두가 백작이하의 가문이기에 공작가의 유일한 후계자인 루이보다 직위 또한 낮았다.

집무실을 가로지른 루이가 상석에 앉았다.

"앉으세요."

"오랜만에 문후 드립니다."

"가주들께서 어려운 걸음을 하셨군요. 잘들 지내셨겠지요."

"예, 후작님. 공작가의 보살핌덕분에 별일 없이 지냈습니다."

"공작가의 보살핌이라… 그렇게라도 생각해주니 고맙긴 하군요."

간단한 인사를 주고받자 시녀가 셀렌티 잎으로 우려낸 차를 내왔다.

일순간 가주들의 인상이 찡그려졌지만, 이내 고개를 끄덕였다.

차는 귀족가의 품위를 나타내는 증표와 마찬가지다.

형편이 어렵더라도 차만큼은 최고급으로 준비하는 게 귀족가의 오랜 풍습이다. 그럼에도 공작가에서 준비한 차는 일반 평민이 즐겨 마시는 차였다.

결코 귀족가에선 내어놓지 않는 것.

가주들이 고개를 끄덕인 이유 역시 차를 보는 것만으로도 공작가의 사정이 좋지 않다는 걸 확인할 수 있기 때문이다.

"프란델 자작은 몇 년 동안 뮤타 왕국에서 엄청난 양의 곡물을 수입했더군요. 도대체 그 많은 것을 어디에 사용한 겁니까?"

"송구하오나 영지사정이라……."

"뭐, 내정이니 더는 묻지 않겠습니다. 다만 가주들이 한통속이 되어 세인트 가문과 곡물전쟁을 벌였다는 소문이 돌더군요. 입단속을 하셔야겠습니다."

"……."

"하하하! 어쨌든 축하드립니다. 어머니께서 빈손으로 돌아오셨으니 말입니다."

"송구하오나 저희가 후작님의 부름에 응한 건 앞으로의 일을 상의하고자 함입니다."

"그렇겠지요. 허면 그 일을 상의해 봅시다. 아…! 그전에 먼저 보여드릴 게 있습니다."

루이가 손짓하자 에반스가 병사들을 시켜 궤짝을 가져왔다.

갑작스러운 소영주의 행동에 가주들이 설마 하는 표정이다.

그랬다.

예상과는 다르게 집사의 목소리는 힘이 넘쳤고, 소영주의 언행은 거침이 없었다.

"예. 경들의 짐작이 맞습니다."

루이가 일어나 뚜껑을 열자 누런 금화가 가득한 궤짝이 속살을 드러냈다.

얼핏 헤아려 봐도 눈앞에 보이는 금화는 족히 수만 골

드가 되어 보였다.

순간 가주들의 표정이 어두워졌다.

소영주의 말대로 세인트 가문엔 여유자금이 없다. 즉, 다른 가문에서 빌려왔다는 뜻이다.

'도대체 어디에서 저렇게나 많은 자금을 빌려왔지?'

서로가 시선을 마주하며 되물었다.

가주들의 표정이 복잡해지는 것을 느긋하게 지켜보던 루이는 서랍에서 서류뭉치를 꺼내 올려놓으며 말했다.

"그렇게 복잡하게 생각하지 않아도 됩니다. 내 오랜만에 직접 본가를 찾은 경들에게 큰 선물을 준비했습니다."

"선물이라면……."

"읽어보세요."

루이가 서류를 들이밀었고, 내용을 확인한 가주들의 손끝이 흔들렸다.

그런 가주들의 표정을 살펴보던 루이.

"선물이 마음에 드십니까?"

"후작님……."

"내 오늘 이자를 지급하려고 했지만 아버지와 의논 끝에 경들을 놓아주기로 결정했습니다."

"저희가 동의한다면 서명해주시겠다는 겁니까?"

"그렇습니다. 오랜 세월 가신 가문으로 지내온 경들인 만큼 마음에 드는 선물이었으면 합니다. 다만 가문과 얽

힌 부채는 맹약철회의 대가로 받겠습니다."

가주들은 공작가에서 이자를 지급하지 못할 경우 맹약의 철회를 요구하고자 계획했다.

천년을 이어온 군신간의 맹약만 철회된다면 그까짓 명분이야 얼마든지 만들어 공작성을 가져올 수 있다.

그런데 궤짝에 가득한 금화를 보는 순간, 자신들의 계획이 실패했다는 것을 깨달았다.

그들이 가장 우려했던 현실은 결혼적령기에 도달한 소영주와 다른 가문이 혼인동맹을 맺는 것이다.

대륙 최고인 타나리스 가문이 가진 위명을 필요로 하는 공국이나 왕국, 강력한 무력을 소유한 영지들은 많다.

결국 우려했던 일이 벌어진 것이다.

그런데 소영주가 뜻밖의 제안을 해왔고 망설일 이유가 없었다.

공작의 서명이 깃든 맹약을 철회한다는 문서를 쥔 영주들의 손이 부들부들 떨렸다.

"감사합니다. 후작님."

"서로 간에 거래일뿐 감사할 것까지야 있겠습니까? 앞으로 경들의 승승장구를 바랍니다. 하하하하!"

루이가 호탕하게 웃었다.

이로써 오랜 세월 이어져왔던 가신 가문과의 관계는 끝났다.

이제 저들은 공국을 개국할 수 있는 명분을 만들었고,

개국이 끝나면 당연히 공작가를 위협해 올 것이다.

루이 역시 마찬가지다.

이미 배신한 가문을 품안에 거두는 것보다 저들을 모두 쓸어버리고 새로이 시작하기로 결정했다.

저들이 공국을 개국한 후, 타나리스 가문을 가지고자 마음먹는 순간 진정한 무서움을 보여줄 것이다.

이미 계획은 세웠고 길마저 뚫었다.

수십 명으로 이루어진 기사단의 호위를 받으며 돌아가는 가주였던 자들의 모습을 바라보며 다시금 각오를 다지는 루이였다.

"고생하셨습니다."

"아닙니다. 어차피 저들과는 공존할 수 없는 관계가 아닙니까? 아버지의 결정이 옳았습니다."

"허면 지금부터 저들에 대한 감시를 강화하겠습니다."

"저들이 움직이려면 개국 후가 될 겁니다. 대비할 시간은 충분하니 아직은 견제하지 않아도 됩니다."

"알겠습니다. 그럼 계속해 동향만 주시하겠습니다."

가신 가문과의 담판을 끝내자 또다시 바쁜 일과를 보내야 했다.

아론에게 축성과 상점 거리의 공사에 관한 몇 가지 지시를 내리고는 테론과 함께 차원홀이 있는 주택으로 이동했다.

"와! 언제 이렇게나 많은 옷들을 준비했습니까?"

"헤론이 열심히 모은 결과다. 거기 말고 다음 칸이 네가 사용할 옷장이야."

"헤론이 준비했다고요?"

"그래. 형이 챙겨주니 막 감동스럽지?"

"감동은 무슨……."

사실 테론은 감격했다.

매번 구박만 하던 형의 속마음을 엿본 것 같아 마음이 찡했다.

일전에 형의 코피까지 터뜨린 것이 못내 후회되는 순간이었다.

저쪽 세상의 옷으로 바꿔 입은 후 곧바로 차원홀이 있는 지하로 이동했다.

여전히 검은 덩어리는 커졌다 작아지기를 반복하며 루이를 맞이했다.

마법사의 자존심이 걸린 일

몇 번의 사업은 무난히 완료했다.

그럴 수밖에 없는 게 헤론이 손가락을 튕기기만 하면 사람이건 짐승이건 스르륵 무너져 버린다.

헤론의 행보를 막을 수 없다는 뜻이었다.

지금도 마찬가지다.

거침없이 대문을 열고 들어가 순찰중인 경비원과 경비견을 재운 다음 마치 내 집 인양 현관문을 열어젖혔다.

"헉!"

"음……."

그런데 생각지도 못한 상황이 벌어지며 헤론과 봉수가

동시에 신음을 내뱉었다.

밖에서 봤을 땐 분명히 불이 꺼져있었지만 집안에 들어서자 대낮처럼 훤하다.

주위를 둘러보자 모든 창문을 검은 천으로 막아 빛이 새어나가지 않도록 해두었다. 밖에서 보면 불이 꺼진 것으로 오인할 수밖에 없다.

그리고 경비원은 아니고 뭐라고 해야 할까?

하여튼 알록달록한 무늬를 새긴 덩치들이 여럿이고 혜론과 봉수가 들어서자 시선이 집중된 것은 당연하다.

"집을 잘못 찾아온 건 아니겠지?"

"아닙니다, 형님. 틀림없이 제대로 찾아왔습니다."

"그런데 덩치들이 왜 이렇게 많아?"

"…글쎄요."

혜론과 봉수의 모습에 안에 있던 패거리들도 어이없기는 마찬가지다. 한동안 멍하게 지켜보던 패거리 두목이 궁금한 듯 물어왔다.

"도대체 너희들 뭐냐? 설마 도둑이냐?"

"하하하하!"

낄낄낄!

도둑이라는 말에 패거리들이 크게 웃었다.

웃음소리가 어찌나 큰지 위층에 있던 자들마저 아래층으로 내려와 졸지에 1층에만 열명이 넘는 덩치가 모여버렸다.

"와! 저놈들 진짜 웃긴다. 아니 재수가 없다고 해야 하나?"

"그러게요. 진짜 재수 옴 붙은 놈들입니다."

"아그들아 이곳이 어딘 줄은 알겠냐? 너그는 죽을 곳에 들어온 기라."

"알아. 아재들 덩치와 생긴 것만 봐도 알 수 있잖아."

"오호! 야가 배짱하나는 두둑하네. 아그야 안 무섭냐?"

"무섭지. 그래서 말인데 그냥 나가면 안 될까?"

헤론은 조직들과 대화를 주고받으며 조용히 속삭였다.

"너는 이대로 집으로 가."

"형님은 어쩌시려고요?"

"혼자라면 충분히 빠져나갈 수 있으니 걱정 안 해도 된다. 바로 달려!"

헤론의 말이 끝남과 동시에 봉수가 현관문을 열고 달아났다.

일행 중 하나가 갑자기 도망치자 당황한 우두머리가 곧바로 지시를 내렸다.

"너희 둘은 도망가는 놈 잡아."

"예, 형님."

지시를 받은 둘이 봉수를 잡기위해 현관문으로 달려왔다. 그러나.

"뭐, 뭐야."

둘이 중심을 잡지 못하고 넘어지자 헤론은 그들의 사타구니를 향해 거침없는 발차기를 날렸다.

퍽퍽!

순식간에 달려가던 둘이 쓰러지자 나머지 덩치들이 헤론을 경계하며 서서히 거리를 좁혀왔다.

"잡아!"

두목의 외침에 남은 자들이 한꺼번에 달려들었지만, 앞선 자들과 다르지 않았다. 헤론 역시도 '홀드'마법을 전개한 후 한 놈씩 사타구니를 걷어찼다.

그리고는 재빠르게 도망치며 현관문에 '락'을 걸었다.

물론 두목을 향해 손을 흔들어 주는 것도 잊지 않았다.

"빨리 안 열고 뭐해?"

"젠장! 놈이 밖에서 걸었나봅니다."

"이 새끼들아 창문으로 나가."

뒤늦게 도착한 덩치들이 현관문을 밀었지만 이미 마법이 걸린 문을 인력으로 열 순 없었다.

유유히 현관을 빠져나온 헤론은 주택을 벗어나며 대문에도 락을 걸었다.

창문을 통해 밖으로 나온 조직원들은 대문마저 열리지 않자 더 이상 쫓을 수가 없었다.

"와! 뭔 놈의 동작이 저렇게나 빨라. 문을 잠그고 도망가는 게 순식간이야."

"그러게 말입니다."

"근데 저기 쓰러져 있는 놈과 개새끼는 어떻게 된 거야."

"자고 있습니다."

"뭐? 잔다고?"

"예. 개새끼도 잡니다."

"아우! 빨리 깨워 새끼들아."

그러나 발로차고 찬물을 끼얹어도 깨어나지 않더니 한참이 지나고서야 스스로 깨어났다.

"도대체 왜 자빠져 잔거야?"

"모르겠습니다. 분명히 순찰 중이었습니다. 진짭니다, 형님."

조직원이 울상을 짓자 옆에 있던 경비견도 낑낑거렸다. 도대체 왜 잠들었는지를 몰랐던 것이다.

둘은 정말이지 억울했다.

헤론이 도착하자 봉수가 달려 나왔다.

"형님, 괜찮습니까?"

"혼자라면 충분히 빠져나오니 걱정하지 말랬잖아."

"죄송합니다. 제가 미처 파악하지 못한 게 있었나봅니다."

"괜찮아. 누구나 실수할 순 있는 거야. 그러면서 성장하는 거지."

단순하게 생각해 봐도 그 집은 이상했다.

검은 천으로 창문을 가려 빛 한 점 새어나가지 않게 한다는 것은 무언가 좋지 않은 일을 벌인다는 뜻이다.

그게 아니라면 중요한 무언가를 보관하고 있을지도 모르고.

게다가 그곳은 조직의 아지트가 틀림없다.

헤론이 도망쳐 나온 것도 그곳에 얼마나 많은 조직원이 상주하고 있을지 모르기 때문이다.

어쨌든 그곳은 헤론의 행보에 최초로 실패를 안겨준 곳이다.

마법사의 자존심이 걸렸고, 호기심 또한 생기지 않을 수 없다.

'테론이 오면 다시 가봐야겠지.'

실패를 거울삼아 봉수는 더 이상 실수하지 않았다.

영업할 곳을 더욱 세밀하게 조사해 헤론이 쉽게 일할 수 있도록 했다.

"와! 이곳에는 누런 게 가득합니다."

오늘 영업 온 곳에는 금고에 누런 금덩이가 가득했다.

이 정도 금괴라면 저쪽 세상으로 가져갈 물건들을 어렵지 않게 구매할 터. 헤론은 만족한 표정으로 금괴를 감상했다.

"돈으로 바꾸면 도대체 얼마나 될까요?"

"저거 다 쓸어 담자."

"예? 금덩이 가져가봤자 팔 곳도 없습니다. 저거 팔다가는 금방 잡히니 안전하게 현금만 챙겨가죠."

"괜찮아. 땅속에 묻어 두었다가 나중에 팔면 돼."

배낭에 현금을 모두 챙긴 봉수가 금괴를 쓸어 담는 헤론을 바라봤다.

어림잡아도 백 개가 넘어 보이는 금괴를 도대체 어떻게 가져간다는 건지 걱정스러운 눈빛이다.

"금괴라 무게가 많이 나갈 건데요."

묵묵히 남은 금괴를 쓸어 담은 헤론이 미소 짓더니 이내 배낭을 메고는 밖으로 나가버렸다.

"헉!"

전혀 힘들지 않은 모습을 본 봉수가 놀란 표정을 지으며 따라갔다.

아지트에 도착하자 배낭을 들어보는 봉수지만 전혀 꿈쩍도 하지 않는다.

그러나 헤론은 간단히 배낭을 들더니 마당구석에 구덩이를 파고는 묻어버렸다.

"헐…! 이번엔 어떤 마법을 사용하신 겁니까?"

배낭을 쉽게 들어 올린 것도 신기하지만 더욱 놀라운 건 흙이 스스로 움직여 구덩이를 만들어버렸다.

"음… 두 가지를 사용했는데 배낭을 옮길 때는 대상의 물건을 가볍게 해주는 마법, 땅을 파서 구덩이를 만든 건 '디그'라는 마법이야."

"마법이라는 게 정말로 유용하네요. 저도 배울 수 있겠지요?"

"그래. 두 가지 모두 기초 마법이라 너도 마나를 느끼고 룬어를 배운다면 가능해."

"흐흐… 그렇다는 말이지요?"

"물론이지. 단, 마법을 배우려면 마나에 관한 재능이 있어야 하는 건 알지?"

"예, 형님. 저야 재능이 워낙에 출중하니 전혀 문제가 없을 겁니다. 다른 마법도 보여주세요."

"보유한 마나가 무한하지 않으니 몇 가지만 보여줄게."

헤론은 불과 물, 빛 구체를 만들어 보이고 안개를 일으켜 신비한 분위기를 연출했다. 눈앞에서 실체가 있는 마법을 접하게 된 봉수가 벌어진 입을 다물지 못했다.

"세상에! 사람이 어떻게 불을 만들고 물을 만들 수 있습니까? 혹시 형님께서는 신이십니까?"

"신은 개뿔! 너도 할 수 있으니 열심히 명상하며 마나를 느껴봐."

"알겠습니다. 저는 분명히 재능이 있을 겁니다."

"재능은 무슨……."

재능도 중요하지만 이곳은 마나가 희박하다.

더구나 마나가 어떤 것인지도 모르는 일반인이 오염된 대도시에서 마나를 느낀다는 건 불가능하다.

마나에 대한 재능이 있어도 마나 자체를 모르니 마찬가지고.

예전부터 연금술과 마법, 마녀라는 말이 전해지는 것을 보면 분명히 이곳에도 마법이 존재했지만 과학이 발달하면서 어려운 마법은 등한시됐을 터였다.

소수의 전유물인 마법보다는 누구나 사용 가능한 과학기술이 생활전반에 퍼진 것은 당연했을 것이다.

당연히 마법과 관련된 학문은 쇠퇴했을 테고.

게다가 자연의 오염이 심해지면서 마법에 재능을 가진 자도 마나를 느끼지 못하게 되고 그렇게 마법의 계승자들이 사라지자 마법도 함께 사라졌을 것이다.

작금의 환경에서 봉수 스스로 마나를 느끼기는 불가능하다. 아마도 평생 동안 명상을 해도 마나의 끝조차 잡지 못할 게 틀림없다.

마법사가 되긴 어렵다는 뜻이다.

다만 이럴 경우 고위 마법사가 봉수의 몸 안에 강제로 마나를 넣어주면 된다.

그것도 마나가 풍부한 대자연에서 전해주어야 더욱 효과를 볼 수 있다.

물론 혜론의 능력으로는 불가능하다.

* * *

테론과 함께 이쪽 세상으로 건너왔다.

이제부터 헤론이 벌어놓은 돈으로 주문받은 물량을 구입해 열심히 옮겨야 한다.

"올 때마다 느끼지만 이 세상은 마나의 농도가 너무 옅습니다. 상쾌했던 기분마저 우울해집니다."

"과학이라는 학문이 만들어낸 기술과 자연을 맞바꾼 결과겠지. 편리함을 추구하는 인간들의 욕구가 자연을 희생시킨 거야."

테론과 이야기를 나누며 텔레포트 마법진을 그리던 루이가 하던 일을 멈췄다.

"소영주님?"

"나도 들었다."

숲속에서 소리친다는 건 위험에 처했다는 것. 동작을 멈춘 채 들려오는 소리에 집중했다.

틀림없이 누군가가 도움을 요청하고 있었다.

"도와줘야 하지 않겠습니까?"

이곳은 산세만 깊다뿐이지 험한 등산로는 아니다. 이런 곳에서 사고가 난 게 이상했지만 도와달라는 것을 외면할 순 없었다.

"네가 가서 무슨 일인지 알아보고 와. 아니다, 다친 사람이 있다면 그냥 불러라."

"예. 소영주님."

테론이 소리가 나는 방향으로 달려가는 것을 보고는 계

속해 마법진을 그려나갔다.

테론이 다가가자 중년 여인이 도와달라며 사정했다.

여인의 남편은 등산로를 내려오다 미끄러지며 아래로 굴렀고, 이미 정신을 잃은 듯 미동조차 없었다.

가만히 중년인의 상태를 살펴보던 테론이 고개를 저었다.

부러진 가지가 등과 복부를 관통해 튀어나왔고, 그곳을 통해 많은 피가 배어 나오는 중이었다.

위급한 상태. 저대로라면 과다출혈로 죽을 게 확실했다.

테론이 어떻게 할 수 있는 문제가 아니었기에 큰소리로 루이를 불렀다.

"이곳에 와보셔야겠습니다!"

마법진을 완성한 후 테론을 기다리던 루이는 급하게 부르는 소리에 다친 자가 있다는 것을 직감했다.

블링크를 사용해 재빨리 사고 장소에 도착해 상황을 파악했다.

"구조요청은 하셨나요?"

"네. 구조요청은 했지만 언제 도착할지는 모르겠네요."

"먼저 저분의 상태를 살펴보겠습니다."

중년인의 상태를 살펴본 루이 역시 고개를 저었다.

"남편 분은 복부를 관통한 나뭇가지 때문에 출혈이 심

합니다. 어서 옮겨야합니다. 다시 상황을 설명해보세요."

부인이 전화로 사정했지만, 역시나 구조대가 도착하려면 한시간은 넘게 소요된다는 답변만 되돌아왔다.

절망을 느낀 부인이 그 자리에 주저앉아 흐느낀다.

부인과 남편의 모습을 바라보고 있으니 루이의 마음이 착잡해졌다.

나뭇가지를 빼내고 마법을 이용해 몸속의 이물질을 제거한 다음 포션을 사용해 상처를 봉합하면 출혈은 멎는다.

중년인을 살려줄 수는 있지만, 그렇게 하면 마법이 드러나게 되기에 고민이 됐다.

물론 부인을 재우거나 멀찍이 물러서게 한 다음 치료할 수는 있지만, 이곳에 약간의 끈을 만들고 싶은 욕심이 생겼다.

레전드의 위엄(1)

그러나 생명이 우선. 치료를 행함에 있어서는 최선을 다해야 한다.

이미 많은 피를 흘렸고, 이대로 두면 여인의 남편은 구급대가 도착하기 전에 틀림없이 죽는다.

부인도 동의할 수밖에 없을 터. 중년인을 치료하기로 결정했다.

"아주머니. 죄송한 말씀이지만 구급대가 도착하기 전에 남편 분은 과다출혈로 죽을 겁니다. 냉정하게 말씀해 주세요. 동의하시죠?"

가만히 루이를 응시하던 부인이 답했다.

"저나 남편의 직업이 의사입니다. 선생님의 말씀이 옳아요. 구급대가 도착하기 전에 과다출혈로 사망할겁니다."

더구나 의사 직업을 가진 부부라면 이 곳에서 나름 괜찮게 살아간다는 상류층. 빚을 지우기에는 나쁘지 않았다.

"제게 자그마한 능력이 있어 남편 분에게 응급처치는 할 수 있습니다. 장담하지는 못하지만 어쩌면 살릴 수 있을 겁니다."

부인이 놀랍다는 반응을 보였다.

"아무런 도구 없이 치료가 가능한가요?"

"아까도 말씀드렸듯이 저의 자그마한 능력입니다. 대신 부인께서는 저에 대한 비밀을 지켜주셔야 합니다. 약속하실 수 있겠습니까?"

저대로라면 구급대원이 도착하기 전에 틀림없이 죽을 터였다. 남편의 생명을 살릴 수만 있다면 기꺼이 족한 일이다.

"틀림없이 비밀은 지키겠습니다. 그러니 이 사람을 위해 무엇이든 해주세요. 부탁드립니다."

부인이 동의했다.

혹시라도 중년인이 심한 고통을 느껴 깨어나서는 안 된다. 이미 정신을 잃었지만, 중년인에게 마법을 사용해 확실히 재웠다.

그리고는 중년인의 복부를 관통한 나뭇가지를 조심스럽게 잡아당기자 막혀 있던 피가 한 무더기 뿜어졌다.

클린 마법을 사용해 중년인의 복부에 있던 이물질을 제거하고 상처주변을 깨끗하게 만든 후, 포션을 들이붓고 연속으로 '힐'을 시전 했다.

찢어졌던 장기가 서서히 봉합됐다.

다시 한번 클린 마법을 사용해 상처 주변에 묻은 이물질을 제거하면서 내부 장기에 대한 치료를 끝냈다.

외부에 드러난 상처도 마찬가지.

상처주변을 깨끗이 한 후에 포션을 바르고 연속해서 힐을 사용하자 상처가 서서히 아물며 깨끗이 봉합됐다.

'세상에……'

남편이 치료되는 과정을 지켜보던 부인은 경악할 수밖에 없었다.

그녀의 상식으로는 도저히 이해할 수 없는, 마법 같은 일이 눈앞에서 벌어졌다.

눈을 비비며 현실을 부정하지만 앞에는 멀쩡해진 남편이 있다. 믿기지가 않는 사실이다.

"응급조치는 끝났습니다. 남편 분은 잠들어 계시니 구급대가 도착하면 상세한 검사를 해보시기 바랍니다. 저는 이만 가보겠습니다."

루이가 인사를 건네며 떠나려 하자 부인이 가로막았다.

"잠깐만요. 제게 연락처를 주세요. 남편이 잘못되더라도 호의에 대한 보답은 꼭 하고 싶습니다."

"보답을 바라고 치료해드린 건 아닙니다. 사양하겠습니다."

루이가 그냥 내려가려고 하자 재차 막아선 부인이 급히 명함을 건넸다.

역시나 예상한대로 흘렀다.

"제 연락처입니다. 사례를 바라지 않는다면 식사라도 대접하고 싶습니다. 꼭 연락을 주세요."

명함을 건네받은 루이가 인사를 하고는 테론과 함께 동굴로 돌아와 서울의 아지트로 곧장 이동했다.

테론이 도착하자 누구보다 반기는 이는 꼬맹이 민수였다.

"테론 형아는 외국 갔다가 온 거야?"

"그래. 대장님 모시고 멀리 갔다 왔어. 헤론 형아 말 잘 듣고 있었지?"

"응, 헤헤! 나 이제 학교 간다."

"우와! 축하한다. 꼬맹이."

민수, 민호 형제와 놀고 있을 때 헤론과 봉수가 돌아왔다.

"어? 언제 오셨어요?"

"얼마 안 됐다. 고생 많았지?"

"아닙니다. 이쪽 세상도 나름 재밌습니다."

"보십시오. 제가 말씀드린 대로 아주 잘 적응하며 지내지 않습니까."

"그러네. 걱정을 많이 했는데 기우였어."

"우와! 저 피부를 보십시오. 기름기가 번들번들한 것을 보니 아주 편했던 모양입니다."

"야! 그러면 네가 여기 남아서 도둑질해."

"뭐? 여기서 도둑 행세하며 지냈다고 자랑하는 거야?"

"말이 그렇다는 거야."

"험험! 그보다 돈은 좀 벌어놨냐? 물건을 구입하려면 돈이 있어야 되는데."

"예. 아주 열심히 벌어놨습니다만."

테론이 내뱉은 말에 제법 화가 난 듯 헤론이 시큰둥한 표정을 지었다.

"테론이 걱정해서 한 말이야. 마음에 둘 것 없다."

"누가 뭐랬습니까? 그보다 소영주님이 좋아하시는 누런 금괴와 현금을 준비했습니다. 보시겠습니까?"

"그래, 모두 꺼내봐라. 이제부터 네가 번 돈으로 장사를 해야겠다."

루이와 함께 밖으로 나온 헤론이 마당을 파헤치자 누런 금괴를 담은 배낭이 모습을 드러냈다.

루이가 금괴를 보며 놀라자 헤론이 그동안 조사한 바를 설명했다.

"금괴 하나가 이곳의 무게 단위로 1kg에 사천오백만원에서 오천만원입니다. 저쪽 세상의 가치로는 45골드에서 50골드 사이에 거래됩니다."

"험, 금괴가 상당히 비싸네. 그러면 저쪽 세상에서 판매하는 물건 값을 금괴로 받아 이곳에서 현금화하면 될 것 같은데."

"그렇습니다. 가치를 따진다면 이곳에서 거래되는 금의 가치가 훨씬 높습니다."

루이가 지닌 1골드 금화는 이쪽의 무게로 대략 50g이다.

이곳의 평균적인 금의 가치는 1g에 46,000원.

즉, 저쪽 세상에서 이곳의 화폐로 100만 원의 가치를 지닌 1골드 금화가 이곳에서는 230만 원의 가치를 지닌다는 뜻이다.

이 세상에 거래되는 금괴로 만들어 판매한다면 최소한 두배 이상의 수익을 올릴 수 있게 된다.

"멋진 방법이야. 이곳의 물건을 가져가서 수익을 취하고 저쪽의 금을 가져와 이득을 취한다니, 생각만 해도 기분 좋다. 아주 좋은 방법을 찾아냈어. 수고했다. 헤론."

"감사합니다. 그런데 금을 현금으로 교환하기가 어렵습니다."

"그럴 거야. 한번에 많은 양의 금괴를 처분하면 의심을 받을 테고 추적이 들어올 수 있겠지."

"별도로 치분할 방법을 찾아보겠습니다."

"그렇게 해. 그러면 금괴는 그대로 두고 현금을 많이 마련해야겠다. 이참에 한 바퀴 돌아줄 테니 나쁜 놈들 조사한 거 가져와 봐."

"그게… 조사를 하려면 시간이 많이 필요합니다. 쉽게 대상을 물색할 수 없습니다."

"응? 그게 무슨 말이야? 저기 TV만 봐도 나쁜 놈들 천진데? 어휴! 저놈들 생긴 걸 봐라. 얼마나 해 먹었으면 저렇게 피부가 좋을까. 뚱뚱하기도 하고."

순간, 헤론이 멍한 표정이 됐다.

그랬다.

이 세상에도 나쁜 놈들은 많다.

친절하게 방송에서도 알려주고 있지 않은가?

더구나 정보의 바다라는 인터넷만 활용해도 나쁜 놈들에 대한 정보는 얼마든지 모을 수 있다.

그런데 무슨 정보를 얻고 조사를 한다는 말인가?

대충 쳐들어가서 쓸어오면 될 일이다.

아…! 물론, 헤론은 마법 실력이 낮아 위험에 처할 수는 있다.

허나 위험하면 도망치면 될 일.

루이가 헤론을 바라봤다.

"봉수야 어리니까 그렇다 치고, 네 머리통은 장식품이야?"

"크크크, 주군 말씀이 맞습니다. 헤론이 어떨 때 보면 아주 맹합니다. 저 머리로 어떻게 마법사가 됐을까요?"

루이가 헤론을 보고 나무라자 덩달아 테론도 거들었다.

"이게 형한테 못하는 말이 없어. 너 진짜 죽을래?"

"오호! 그러셔? 그럼 나가서 한판 뜰까?"

"⋯⋯."

한판 뜨자는 테론의 말에 말문이 막힌 헤론.

한데 테론과 실랑이를 벌이다 보니 갑자기 처음으로 실패를 맛보게 했던 곳이 떠올랐다.

그렇다.

아마도 그곳엔 많은 돈이 있을 것이다.

비록, 조직원이 많이 머물기는 하지만 소영주와 테론이 있는 이상 두려울 게 없다.

헤론은 그곳을 방문하고자 했다.

"추측이지만 많은 돈을 보관하고 있을 것 같은 장소가 있습니다."

"오! 그래? 그곳이 어디야?"

헤론에게서 예전의 일을 들었다.

놈들의 행태를 보면 무언가 비밀스러운 작업을 하는 곳이 틀림없다.

그 정도의 인원이 밤낮으로 지킨다면 아마도 상당한 현금도 보관하고 있을 터, 그런 놈들의 성향은 남을 믿지 못해 무엇이든 주변에 두기를 좋아한다.

그게 재물이라면 더욱 가능성이 있고, 헤론이 말한 장소라면 상당히 많은 현금이 쌓여 있을 확률이 높다.

"네 말대로 느낌이 무지하게 온다. 당장 다녀오게 좌표 불러봐."

"여기 지도에 표시해놨습니다."

헤론이 장소를 표기한 지도를 건네주자 좌표를 설정하는 루이였다.

테론과 헤론은 옷을 바꿔 입었다.

"옷이 그게 뭐냐? 조직을 응징하러 가는데 뭔가 어울리는 옷 없어?"

"……."

"쯧쯧, 그냥 가자. 그리고 봉수는 먹을거리나 준비해놔."

"예. 형님. 그런데 언제쯤 도착하는지 알아야죠."

"그도 그러네."

"대장 형아. 휴대폰 가져가. 일 끝내고 전화하면 되잖아."

"오! 우리 막둥이가 젤로 똑똑하네. 거 뭐냐, 핸드폰 하나 줘봐."

"제게 있습니다. 혹시라도 분실할까 봐 일 나갈 때는 놓고 갑니다."

"나하고 갈 때는 괜찮아. 핸드폰 챙겨."

밖으로 나온 헤론과 테론이 루이 곁에 섰다.

루이가 주문을 외우자 주변으로 공간의 왜곡이 펼쳐지고 대기가 일그러졌다.

그들은 순식간에 모습을 감춰버렸다.

성북동에 위치한 주택가.

은은한 달빛이 흐르는 밤이라 어둡진 않았지만, 조금만 멀어져도 서로의 모습은 알아볼 수 없다.

주인 잃은 애완견이 몰려다니자 떠돌이 개들을 피해 담벼락에 웅크린 야옹이는 오늘도 일용할 양식을 구하고자 불 꺼진 집을 살펴보고 있었다.

한데 그런 야옹이의 머리 위로 일순간 대기가 요동치며 공간이 일그러지더니 인간들이 나타났다.

야옹!

깜짝 놀란 야옹이가 담벼락을 가로질러 후다닥 달아난다.

"아우! 어지러워, 도무지 공간이동은 적응이 안 됩니다."

"쯧쯧, 그래서 너는 마법사가 못 되는 거야."

"너나 열심히 배워라. 나는 사내라 기사가 좋다. 누가 뭐래도 남자의 로망은 검을 치켜세우고 적진을 향해 달리는 거야."

"무식하게 몸뚱이만 굴리는 돌대가리가 무슨 사내라고……."

"뭐? 무식한 돌대가리?"

"시끄럽다. 틈만 나면 싸워. 헤론, 어느 집이야?"

"저기 보이는 집입니다."

헤론이 가리킨 주택은 주변의 집들과는 너무나 대조된 모습이었다.

모두가 잠든 듯 창문으로 어떠한 빛도 새어 나오지 않았다.

주택에 다가서자 헤론과 테론이 두건을 꺼냈다.

"니들 뭐 하는 거야?"

"소영주님. 이 세상은 도둑을 잡기위해 감시카메라를 설치해두고 있습니다. 카메라에 찍힌다면 얼마 지나지 않아 잡힙니다."

"카메라가 못 찍게 하면 되지. 쪽팔리게 두건은 쓸 필요가 없다. 다시 집어넣어."

"그래도 놈들이 얼굴을 기억한다면 곤란하지 않겠습니까?"

"음… 그도 그러네. 일일이 기억을 지울 수도 없고, 너희들은 두건을 착용해. 나는 이걸로 해야겠어."

"소영주님. 밤중에 선글라스를 끼면 안보입니다."

"니들처럼 하수만 그런 거야. 준비됐으면 들어가 볼까?"

루이가 간단히 주문을 외웠다.

"굴절될 지어다."

리프렉션 마법은 빛을 굴절시켜 카메라가 빛을 스캔하여 사물을 재현하는 것을 방해한다.

촬영을 해도 빛이 깨져 버려 카메라가 재현해 내지 못한다.

"뭐해? 안 열어?"

주문을 외운 루이가 대문에 서자 헤론이 마법을 사용했다.

레전드의 위엄(2)

'철컥'하는 소리와 함께 대문이 열리고 앞장선 루이가 오른발로 문을 밀어젖히며 들어섰다.

순찰을 돌던 경비견이 일행을 발견하고는 '컹컹' 짖으며 달려오고 조직원이 뒤를 따랐다.

그러나 달려오던 경비견과 조직원은 이번에도 순서대로 쓰러지며 잠들고 말았다.

현관 앞에 이르자 테론이 앞장서 문을 열었다.

역시나 집안은 환했고 여러 명의 조직원이 거실에 모여 있다.

당당하게 거실로 들어서는 루이와 헤론, 테론을 본 조

직원들은 어이가 없었다.

당연했다.

야밤에 선글라스를 끼고 두건을 눌러쓴 채 조직의 소굴로 들어오는 자들이 어찌 제정신일까?

때마침 2층에서 내려오는 행동대장 홍철도 어안이 벙벙한 표정이다.

"이거야 원, 이곳에 꿀이 발렸나. 저번에도 두건 쓴 놈들이 왔다 가더니 잊을만하니 새로운 놈들이 찾아오네. 야! 니들 설마 저번에 왔던 놈들은 아니겠지?"

"오우! 빙고. 눈썰미 좋은데. 저번에 방문했던 도둑님들이 맞아."

이전에 방문했던 도둑님들이라는 답변에 홍철의 말문이 막혀버렸다.

잠시 동안 침묵하던 홍철이 이내 호탕하게 웃었다.

"하하하! 재밌는 놈들이네. 그래. 여기가 어딘지 알면서도 다시 온 거야?"

"당연하지. 이곳은 조폭들의 소굴, 가져갈 게 많은 보물창고지. 저번에는 큰 배낭을 가져오지 않아서 돌아갔거든."

"오! 배짱 한번 맘에 드네. 과연 그 배짱이 얼마나 갈지 두고 볼까?"

"자자! 니들은 시간이 많겠지만 우리는 밤새 영업하려면 바쁘다. 어서 시작하자."

테론이 앞으로 나섰다.

"이자들, 죽입니까?"

"죽이지는 말고 도망가지 못하게 한군데씩 분질러라."

"예. 주군."

테론이 목을 좌우로 꺾고 손목을 돌리며 앞으로 나서자 그제야 홍철도 분위기가 심상치 않음을 느꼈다.

조직원들도 이상했는지 모두 일어나 싸울 채비를 했다.

"쳐!"

짧은 외침이 터져 나오자 아래층에 대기하던 조직원들이 테론을 향해 달려들었다.

선두에 선 자의 주먹이 얼굴로 날아오고 뒤이어 다가온 자의 발길질은 복부를 향해왔다.

옆으로 한 발짝 이동하며 공격을 피한 테론은 지나가는 팔목을 가격해 골절시킨 후 곧바로 발목을 가격했다.

퍽! 퍽!

"악!"

"크아악!"

회피와 함께 순식간에 이어진 공격.

동시에 조직원 둘이 비명을 지르며 쓰러졌다.

살펴보지 않아도 더는 싸울 수 없는 상태다.

"홀드!"

반면에 헤론을 공격했던 조직원은 황당한 경험을 했다.

무언가 알 수 없는 기운이 온몸을 옥죄며 아무리 용을 써도 움직일 수 없게 했다.

　주먹을 뻗은 자세로 멈춰버린 조직원에게 다가선 헤론이 '씨익' 웃자 두건 사이로 드러난 누런 이빨이 유난히 섬뜩하게 빛났다.

　그리고는…….

　"아악! 아아악!"

　테론과 싸우던 조직원들이 일순간 고개를 돌릴 정도로 커다란 비명이 터져 나왔다.

　헤론에게 공격당한 조직원은 얼마나 고통스러운지 이제는 비명이 아닌 쌍욕을 내뱉었다.

　"이 시발 놈아! 거긴 고만 때리고 차라리 죽여라!"

　욕설을 내뱉은 조직원이 보기엔 헤론은 사내새끼가 아니었다.

　같은 사내라면 차마 두 번은 거시기를 공격하지를 않을 터였다.

　싸우고 있는 모두가 똑같은 생각을 가졌지만 헤론은 아랑곳없이 움직이지도 못하는 상대의 그곳을 계속해 가격했다.

　헤론의 트라우마.

　테론에게서 맞은 예전의 상황을 떠올리며 화풀이를 하는 것 같았다.

　하지만 결과는 뚜렷했다.

조직원들이 헤론과는 시선조차 마주치지 않는다.

차라리 뼈마디가 부러져도 결단코 헤론과는 싸우지 않겠다는 강인한 의지였다.

순식간에 상황이 정리됐다.

아래층에 있었던 십여 명의 조직원이 모두 쓰러진 채 저마다 팔과 다리를 붙들고서 고통스런 신음을 내뱉었다.

2층에서 싸움을 지켜보던 홍철은 아래층에 있던 수하들이 모두 당하자 대기 중이던 조직원을 모두 동원했다.

얼핏 봐도 오십명은 넘어 보이는 조직원이 각종 연장을 쥐고 쏟아져 나왔다.

도대체 저렇게나 많은 인간이 어디에 숨어 있었는지 불가사의할 정도.

"너희는 현관문을 점거하고 놈들이 도망가지 못하도록 해."

홍철은 많은 숫자를 본 루이 일행이 도망갈 것으로 생각해 부하들에게 현관문을 막도록 지시했다.

그런데 도둑놈들의 우두머리로 보이는, 선글라스를 낀 놈은 한술 더 떴다.

오히려 조직원들이 도망칠까봐 직접 현관문을 잠그고는 문 앞을 지켰다.

홍철의 표정이 심각하게 변했다.

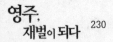

상대는 연장을 쥔 수십 명의 조직원을 보고서도 도망은
커녕 오히려 문을 잠그며 상대가 달아나는 것을 막았다.

숫자가 무색하게도 그만큼 자신이 있다는 뜻.

"모두 조심해라. 쉽게 상대할 자들이 아니다."

상대는 고작 세 명이지만 느낌은 계속해 위험신호를 보
내오고 있다.

이런 긴장감, 피부가 따끔거리는 느낌.

도대체 얼마 만에 느껴보는지 기억조차 나지 않는다.

바닥을 뒹구는 수하들은 성한 자가 없을 정도로 처참했
고, 고작 셋을 상대함에도 쉽게 달려들지 못했다.

그렇게 잠시 동안의 대치상태가 이어지자 마주한 상대
가 알 수 없는 말로 대화를 주고받더니 앞에서 싸우던 자
의 기운이 급변했다.

수없이 많은 싸움을 해오면서 조직의 행동대장이라는
위치까지 오른 홍철이기에 앞으로 나선 자가 풍기는 기
운을 모를 수는 없다.

살기!

그것도 생사의 갈림길에서 수많은 자를 죽여 본 인간만
이 가질 수 있는 진한 기운이다.

각종 연장을 쥔 수십 명의 조직원이 한꺼번에 몰려나오
자 주택이 협소해질 정도로 1층과 2층을 가득 메웠다.

"워어…! 쟤들 도대체 어디서 나오는 거야? 설마 우리

처럼 공간이동으로 도착한 것은 아니겠지?"

"모르죠. 주택의 규모로 봐서는 저렇게나 많은 인간이 머물 장소는 아닙니다."

"주군. 저렇게나 많은 인원을 보니 틀림없이 중요한 게 있는 모양입니다."

"그래, 네 말을 들으니 더욱 기분이 좋아진다. 어서 숨겨놓은 것을 보고 싶으니 후딱 끝내자."

"예. 주군."

루이의 명에 마나를 활성화 시킨 테론이 마주한 무리 속으로 뛰어들었다.

세상에!

느낌은 틀리지 않았다.

수하들을 상대로 싸우는 자가 인간인지 의심스럽다.

눈으로 쫓기 힘들 정도로 빠른 움직임을 보였다.

그의 공격을 받은 수하는 어김없이 팔이나 다리가 부러진다.

한번의 공격에 한명의 수하가 쓰러지며 싸움을 시작한 지 몇 호흡도 지나지 않아, 수십명의 부하 중 태반이 바닥을 뒹굴었다.

상대의 움직임은 간결하고 빨랐다.

이제까지 만나왔던 그 어떤 자보다 강한 상대였다.

저런 자에게는 압도적인 숫자가 아니라면 아무런 의미

가 없다.

　자신도 저자에게는 일 초 지적일 뿐, 저절로 품속으로
손이 갔다.

　저들은 거친 곳에서 살아가는 자들임에도 움직임이 너
무 느렸다.

　과학기술의 편리함에 길들여져 인간이 지닌 육체적 능
력을 포기하면서 생겨난 결과일 것이다.

　이 세상은 숲속에서 살아가는 동물조차 대다수가 온순
하다.

　간혹 위험한 동물도 있지만, 저쪽 세상에 살아가는 몬
스터에 비한다면 그야말로 애교수준으로 봐줄 정도.

　인간을 위협할 개체마저 사라져 버렸기에 세상은 안전
했고, 더는 육체의 능력이 필요 없게 됐으리라.

　그러나 저자가 꺼내는 것처럼 무서운 무기가 존재하는
세상이기도 하다.

　과학기술이 만들어낸 무기, 위험하고 강력하다.

　이곳의 군대가 지닌 무기를 가져간다면 어쩌면 저토록
위험한 몬스터마저 쉽게 물리칠 수 있을지 모른다.

　그리고 저들 중에서 2층에 있는 자가 가장 위험하다.

　더욱이 저자는 삶과 죽음의 경계를 수없이 넘나들어 본
듯했다.

　물론, 육체적인 능력으로 따진다면 저쪽 세상에 널리

퍼진 오크족에도 미치지 못하지만, 죽음의 경계를 겪은 자만이 풍기는 냄새는 진하고 다르기에 시선이 갔다.

역시나 저자는 그들이 가진 보잘 것 없는 능력으론 앞에서 싸우는 테론을 어찌하지 못한다는 사실을 단번에 파악했다.

곧 저자의 손이 움직이며 품 안에서 무언가를 꺼냈다.

권총!

과학기술의 산물.

이 세상에 가장 널리 퍼진 무기로 단번에 상대방을 살상할 수 있다.

우두머리로 보이는 자가 테론을 향해 권총을 겨누었다.

이곳의 인간이 사용하는 총이라는 무기에 관해 파악할 수 있는 순간이 다가왔다.

과연 권총이라는 무기가 마법으로 펼쳐진 쉴드를 뚫을 수 있을지 궁금했기에 테론에게 쉴드를 둘러주고는 유심히 지켜보는 루이다.

물론, 다칠 경우 치료해주면 된다는 단순한 생각을 가졌다.

홍철은 권총을 꺼내 테론을 겨누고 있었지만, 움직임이 너무 빨랐기에 표적으로 잡는 것조차 어려웠다.

하지만 기다리다 보면 기회는 올 터, 중요한 사실은 상대는 권총을 겨누고 있다는 것조차 눈치채지 못했다.

그리고 기회가 왔다.

마침내 표적이 움직임을 멈췄다.

"후우!"

호흡을 가다듬고는 곧바로 표적을 향해 권총을 쏘았다.

푸슝! 푸슝! 푸슝!

겨냥은 정확했고 어김없이 상대에게 적중했다.

그런데…….

총알이 무언가에 가로막힌 듯 '텅텅' 부딪히는 소리를 내며 튕겨 나왔다.

"헉! 이 무슨 말도 안 되는…….

홍철이 짧은 탄식과 함께 혼잣말을 내뱉었다.

테론을 살펴보던 루이는 역시나 하며 만족한 표정을 지었다.

권총이라는 무기가 마법으로 이루어진 쉴드를 뚫지 못한 것이다.

앞에 보이는 조직원들을 모두 쓰러뜨린 테론은 움직임을 멈춘 채 호흡을 가다듬고 있었다.

그때, 송곳 같은 살기가 일어남과 동시에 알 수 없는 기운이 몸뚱이를 가격했다.

그러나 무엇이 날아왔는지 보지도 못했다.

툭. 툭. 툭.

몸뚱이를 강타한 물체가 바닥에 떨어졌다.

깜짝 놀라 소영주를 바라보니 고개를 끄덕이고 있다.

이미 소영주는 자신이 공격당할 줄 알고 쉴드를 쳐준 다음 결과를 지켜보고 있었던 것.

"아니, 소영주님. 설마 제 몸뚱이를 가지고 실험하신 것은 아니겠죠? 그렇죠?"

"당연한 것을 물어보고 그래. 저기에 있는 놈이 뭔가를 겨누기에 말할 틈도 없었어. 그래서 급히 쉴드를 쳐준 거야. 짜식이 감사하기는커녕 어디서 주군을 의심하는 거야."

테론은 바닥에 떨어진 물체를 집어 들고는 유심히 살펴봤다.

살기를 느꼈지만 반응할 틈도 주지 않는 위험한 흉기다.

이곳의 인간들은 마나를 다루지 못해 형편없이 나약한 육체를 가졌지만 이런 무기를 사용한다면 위험하다.

무작정 싸움을 벌여서는 안 되는 세상.

싸움을 벌일 때면 반드시 주변을 살펴야 한다는 큰 교훈을 다시금 얻었다.

테론의 시선이 위에서 권총을 겨누고 있는 홍철에게로 향했다.

그리고는 활처럼 몸을 젖히더니 폭발적인 속도로 움직

이며 다가갔다.

깜짝 놀란 홍철이 연거푸 권총을 발사했다.

푸슝! 푸슝! 푸슝! 푸슝!

테론은 권총을 겨눈 홍철의 손가락이 움직이는 것을 주시하면서 한순간 방향을 바꾸어 총알을 피해버리는 신기를 선보였다.

순식간에 다가서 누런 이빨을 내보인 테론이 무지막지한 구타를 시작했다.

퍽퍽퍽! 퍽퍽퍽퍽!

"크아악……."

비명이 터지고 우두둑 우두둑 사지가 부러지는 소리가 들렸다.

홍철을 마지막으로 조직원들 모두가 쓰러졌다.

"주군, 정리했습니다."

"수고했다. 이제 전리품을 챙겨볼까?"

2층을 뒤지자 벽장 뒤에 숨겨진 대형금고가 발견됐다.

예상대로 금고에는 헤론이 지닌 배낭으로는 일부밖에 채우지 못할 정도의 다발로 된 지폐뭉치와 누런 금덩이가 가득했다.

사상 최고가의 금화

그러나 루이에게는 마법 주머니가 있다.

"우와! 금고가 이렇게나 크다면 일반 배낭으로는 털어 가지도 못하겠다. 헤론에게도 마법 주머니가 있어야겠어."

2층 금고를 모두 비우고 지하로 내려가자 생각지도 못했던 넓은 공간이 나타났다.

지하에는 루이 일행이 들어온 것도 모르고 여러 명이 고약한 냄새를 풍기는 무언가를 제조하는 중이었다.

홍철이 몸담은 조직은 주택을 개조해 대규모 마약제조 시설을 운용하고 있었다.

"생산시설을 갖추고 있습니다."

"흠… 불법으로 뭔가를 만드는가 보다. 챙겨갈 만한 게 있는지 살펴봐."

지하를 뒤져봤지만 눈에 보이는 것은 한쪽에 쌓아둔 하얀 가루뿐, 돈이 될 만한 것은 보이지 않았다.

"이것들밖에 보이지 않습니다."

"그건 약품 같은데 어디다 쓰는 거냐?"

"뉴스에서 본 적이 있는데 마약 같습니다."

"마약?"

"예. 정신을 몽롱하게 만들어 일종의 환상을 느끼게 해주는 약입니다."

"그런 것들을 뭐 하려고 만들어?"

"그게 무지 비싸다고 합니다. 음성적으로 거래가 되다 보니 돈도 많이 번답니다."

"오호! 그렇단 말이지."

잠시 생각에 잠긴 루이.

"설마 이것들을 가져가려는 것은 아니겠지요? 이건 팔 곳도 없고, 설령 판다고해도 잡히면 끝장입니다."

"안 잡히면 되지, 뭐가 걱정이야."

"그래도 그건 좀……."

"군소리 말고 다 챙겨. 나중에 사용할만한 곳이 있을지 몰라."

지하에 쌓아둔 수십 킬로그램의 마약까지 몽땅 챙긴 루

이는 그길로 조직의 아지트를 나왔다.

　보금자리로 돌아와 금고에서 털어온 지폐 뭉치를 쏟아
내자 바닥을 메워버릴 정도였다.

＊　＊　＊

　물건을 대량으로 구매하기 위해서는 생산 공장과 직거
래를 해야 한다.

　그래야만 저렴한 가격에 구매할 수가 있다는 건 누구나
알고 있는 상식이다.

　"명세서에 적힌 대로 생산 공장을 알아봐."

　"아직은 자금이 충분하지 않습니다."

　"알아. 우선 가지고 있는 돈만큼 구입하고 자금이 만들
어지면 추가로 구입해야지."

　"예. 한데 물건을 구입하려면 보관할 곳도 필요하고 세
금계산서도 발행해야 합니다."

　틀리지 않은 의견이었다.

　이곳에서 사업을 해나가려면 사업자등록이 필요했다.

　그리고 사업자를 등록하기 위해서는 신분증이 필요하
고.

　"맞는 말이야. 이 나라 사람으로 할까? 아니면 우리와
외양이 비슷한 서양인으로 할까?"

　"이 나라 사람으로 하죠. 서양인이라고 부르는 자들도

이 나라 신분증을 가지고 있습니다."

"그것도 나쁘진 않지. 내일 신분증을 만들자."

"예에? 아무런 준비 없이 가도될까요?"

"무슨 준비가 필요해? 어릴 때 입양 와서 버려졌고, 이 곳저곳을 떠돌며 살아왔다고 하면 되지."

"믿어줄까요?"

"안 믿으면 믿도록 하고, 그래도 안 되면 마법을 사용면 돼. 꼭두각시로 만들어서라도 신분증을 만들 테니 걱정 말고 가자."

다음 날.

동사무소라는 곳에 들려 신분증을 만들고자 했지만 대뜸 의심부터 받았다.

법체류자니 뭐니 해서 경찰에 신고까지 할 태세였다.

그렇다고 불가능한 것은 아니다.

"와! 저도 가르쳐 주시죠."

"그러고 싶지만 너는 아직 서클이 낮아. 정신지배는 정신계 마법에서도 5서클에 해당하는 마법이야. 네가 5서클이 되면 가르쳐 줄 테니 서클이나 올려."

며칠이 지나자 루이와 헤론도 이 세상에 존재하는 공식적인 인류가 됐다.

마침내 신분증이 나온 것.

신분증은 만 17세가 돼야만 만들어준다.

패거리 중에 루이와 헤론만 가능했기에 테론을 비롯한 패거리들은 모두가 동거인으로 헤론 밑에 등재됐다.

헤론이 공식적으로 패거리들의 보호자가 되는 순간이었다.

"이제 신분증을 만들었으니 타고 다니는 자동차도 장만하죠. 매일 버스를 타고 이동하려니 영업에 지장이 많습니다."

"하긴, 일을 하려면 빠른 이동이 가능해야지. 당장 한 대 장만하자."

그러나 자동차를 운전하려면 먼저 운전면허학원이라는 곳에 등록해 면허증을 따야만 했다.

"그냥 말 타듯 배우면 되지. 꼭 면허증을 따야 해?"

"그러실 줄 알고 급행으로 따게 해주는 곳을 알아두었습니다. 거기서 배우면 시간도 얼마 걸리지 않습니다."

"그래? 그렇다면야……."

루이와 헤론은 속성 반에 신청해 일주일 만에 운전면허를 따버렸다.

워낙에 머리가 좋은 마법사이니 학과 시험이야 둘 다 만점으로 통과했다.

하지만 사실 운전면허 필기시험은 준비할 것도 없이 문제와 답을 마법으로 머리에 각인 시키고 끝냈다.

장내 주행시험 또한 큰 어려움 없이 단번에 합격했다.

다만, 도로주행시험은 무식하게 달리는 바람에 떨어지는 게 당연했으나 루이에게는 마법이 있잖은가.

단번에 합격하지 않을 수 없었다.

물론, 헤론이야 정상적으로 합격했고.

그렇게 운전면허를 따자마자 찾아간 곳은 중고차 판매장.

"소영주님. 이곳은 중고차를 판매하는 곳입니다."

"알아. 그래서 여기로 온 거야."

신차를 원했던 헤론이었지만 루이는 길들인 말이 타기가 쉽듯 자동차 또한 다르지 않다는 이상한 논리를 내세우며 중고차 판매장으로 왔다.

하는 수 없이 중고차매장을 둘러보던 헤론은 빨간 스포츠카를 눈여겨봤다.

소영주야 얼마 안 있어 저쪽 세상으로 돌아갈 테니 구입하는 차는 주로 헤론이 타고 다닐 터였다.

새 차는 물 건너갔지만 차종만큼은 원하는 모델을 사고자 했다.

"소영주님께는 이 차가 훨씬 어울릴 것 같습니다."

"그래?"

"예. 날렵하게 빠진 모습이 소영주님의 외모와 비슷합니다. 보십시오. 뽀대가 다르지 않습니까?"

하지만 루이의 마음을 사로잡은 차는 지프였다.

"아니다. 내 외모야 워낙에 출중해서 아무 차라도 어울릴 거야."

"……."

결국, 루이가 원하던 차를 구매했다.

현금으로 가격을 치르고 보험까지 가입하고는 곧바로 시동을 켰다.

그리고 시작된 질주.

말을 타고 평원을 달리는 것과는 또 다른 기분이다.

"오오오! 죽인다. 이거 제법 스릴 있어."

"소영주님. 너무 빠릅니다. 속도를 줄이시지요."

"야! 말이나 자동차나 똑같은 거야. 그저 타고 다니는 건 무조건 밟아야 해. 설마 무서워서 그러는 거야?"

"무섭다니요? 사고 날까 봐 그럽니다."

"사고는 개뿔……."

굉음을 내지르며 빠르게 질주하는 자동차처럼 서서히 이 세상에 대한 적응을 마쳐가는 루이였다.

＊　＊　＊

뉴욕에 소재한 소더비 경매장에 세 개의 금화가 경매로 나와 화제가 됐다.

화제의 금화는 이드리스 대륙의 공용화폐로 엘리안 제국의 초대황제 안타시우스의 초상화가 새겨졌다.

루이가 이 세상을 여행하기 위한 경비를 충당하고자 한 금은방에서 판매한 것.

한국을 방문했던 금세공인 알비노가 인터넷에 올라온 금화를 발견하고는 십만 달러에 구매해 경매에 내놓았다.

금화에는 지구역사에 존재하지 않았던 문자가 새겨졌고, 제작년도마저 팔백년이 넘었다는 사실이 밝혀지면서 세간의 관심을 불러왔다.

수집상들의 관심이 증가하면서 금화의 가치가 순식간에 백만 달러를 넘어서고도 계속해 치솟았다.

그리고는 한 수집가에 의해 천만 달러라는 천문학적인 금액에 낙찰됐다.

'수집가능한 모든 금화 가운데 가장 값진 성배(聖杯)라고 해도 과언은 아니다.'

금화가 낙찰되자 귀중품 감정업체 관계자가 주장했던 말이다.

그는 몇 개월 전, 해당 금화를 이십만 달러에 구매하려고 했지만 거절당했다.

그때, 소유주인 알비노가 오십만 달러를 원했다는 사실을 털어놓으며 구매하지 못한 것을 못내 아쉬워했다.

금화 거래의 중개를 맡은 뉴올리언스의 주화귀금속 전문 업체 블랜처드사는 AP통신에 월스트리트의 한 투자업체가 이 금화를 사들였다고 발표했다.

구매자의 신원은 공개되지 않았다.

*　*　*

런던 웨스트민스터의 버킹엄 궁전.

1703년 버킹엄 공작 셰필드의 저택으로 건축되었으나 1761년 조지 3세가 구입하면서 왕실 건물이 됐다.

이후 1837년 빅토리아 여왕이 즉위한 이래로 국왕이 상주하는 궁으로 변모했다.

"초상화의 주인이 안타시우스 황제라고 쓰여 있습니다."

"안타시우스 황제라… 금화가 한국에서 나왔다고 했지요?"

"예. 알비노에게 확인했습니다."

"금화를 판매한 자에 관한 모든 것을 알아오세요."

*　*　*

대규모의 물건을 구매하려면 보관할 창고가 필요하다.

자동차를 구매한 후, 가장 먼저 창고를 구하러 다녔다.

도시 외곽을 돌아다니며 며칠 동안 발품을 판 끝에 대지 삼천 평에 세 개의 창고와 사무동을 가진 소규모 물류 창고를 찾았다.

인근에 읍내 규모의 시가지가 있어 인력을 구하기도 쉬
워보였기에 담보권을 가진 은행을 통해 6억에 매입했
다.

　그런 후에 세무서에 들러 '타나리스 유통'이라는 상호
로 사업자를 등록했다.

　이 세상에 깃대를 꽂는 순간이다.

　"주군. 감축 드립니다."

　"축하드립니다. 주군."

　"헤론이 고생 많았다."

　"아닙니다. 주군과 영지를 위해서 당연히 해야 할 일이
었습니다."

　"그래도 네가 고생한 건 사실이야. 고맙다."

　"주군……."

　"그보다 거점을 마련했으니 이제부터 이 세상의 기술
과 부를 하나씩 가져가야지?"

　"예. 주군."

　매캐한 냄새와 먼지가 쌓인 사무실과 창고를 클린마법
으로 청소한 후, 전화와 인터넷을 설치하고 사무집기와
함께 여러 개의 대형 화분을 들여놓았다.

　얼마 지나지 않아 여느 사무실 못지않은 분위기가 만들
어졌다.

　루이가 업무를 볼 곳은 대표실이라는 명패를 달았고,
현대의 방식을 따라 직위를 정해 헤론은 비서실장, 테론

은 수행비서가 됐다.

그리고 해수라는 여직원을 구했는데 저쪽 세상에서 보면 아카데미를 졸업한 재원이었다.

대학을 졸업한 재원이 이런 볼품없는 회사에 지원한 게 의아했지만 본인이 일하고 싶다는데 마다할 이유는 없다.

"소영주님. 저희도 대학이라는 곳에 가볼까요?"

"뭐하게?"

"예쁜이들이 많다고 하잖습니까."

"쯧쯧, 남자는 능력이야. 이쪽 세상이나 저쪽 세상이나 능력만 있으면 예쁜이들은 얼마든지 내 것으로 만들 수 있어. 그리고 나는 무지하게 잘생겼잖아."

"……."

"왜? 동의하지 못한다는 거야?"

"아닙니다. 공부인께서 워낙에 미인이시니 주군께서는 복 받으신 겁니다."

"그건 나도 인정. 그리고 흠… 이곳의 학문을 배워두는 것도 나쁘지 않을 것 같으니 대학이라는 곳에 가고 싶으면 한번 알아봐."

"옙! 상세히 알아보겠습니다."

사무실에서 업무를 볼 수 있는 여건이 조성되자 이제는 본격적으로 거래처를 찾았다.

인터넷을 활용해 필요한 물건을 생산하는 회사와 연락을 주고받으며 궁금한 점을 해결했다.

매번 느끼지만 참으로 편리한 세상이다.

한곳에 앉아 구석구석에 위치한 공장을 찾아볼 수 있어 시간을 헛되이 보낼 필요가 없었다.

전화로 미팅 약속을 잡은 루이가 방문한 곳은 성화산업, 성냥을 생산하는 공장이다.

곧바로 미팅이 이어졌다.

"만나서 반갑습니다. 성화산업 영업부 정희성 과장입니다."

"타나리스 유통 김루이입니다."

서로가 명함을 주고받으며 인사를 건네고는 본격적인 협상에 들어갔다.

저쪽 세상에 판매할 제품의 생산지를 '타나리스'라고 표기하고 싶었다.

그래서 미리 만들어온 도안을 보여주며 제품의 디자인을 바꿔 달라고 요구했다.

표현 방법이야 이곳의 도안이 우수하니 그대로 유지하고 아제로스 문자로 생산자만 표기했지만 성화산업에서 난색을 표했다.

"죄송하지만 그건 힘들 것 같습니다."

도안을 바꾸는 건 생각처럼 간단하지 않았다.

　새로운 도안을 금형으로 제작해야 하고 비용 또한 만만치 않게 들어간다.

　그러나 엄청난 물량을 주문하면서 현금 결제를 조건으로 내걸자 단번에 태도가 바뀌었다.

　대량발주와 현금결제가 완전한 갑의 위치를 제공해 준 것이다.

　공장이 생긴 이래로 가장 큰 고객이 방문하자 사장이라는 자가 직접 협상테이블에 앉을 정도였다.

　가격의 협상이 훨씬 유연해지면서 공급계약은 OEM 방식으로 체결했다.

제품명과 디자인은 타나리스 유통에서 결정하고 성화산업은 오롯이 제품의 생산만 책임지는 방식이다.

　대금의 결제는 선금으로 30%를 지급하고 나머지는 물건 인도 후, 익월에 결제하는 것으로 협의됐다.

　아마도 성화산업에는 일부의 선금과 현금결제가 더욱 큰 메리트로 다가간 것 같았다.

　다만, 첫 거래만큼은 물건 인도와 함께 즉시 결제한다는 조건이다.

　모든 협상이 마무리되자 헤론에게 곧바로 선수금을 입금하도록 조치했다.

　대금이 입금됐다는 것을 확인하자 사장이 연신 감사의 인사를 해왔다.

　"앞으로 많이 도와주시기 바랍니다."

　"저 또한 마찬가집니다. 잘 부탁드립니다."

　공장입구까지 사장의 배웅을 받으며 다음 미팅 장소인 해성산업으로 향했다.

　비누공장도 마찬가지로 성화산업과 같은 조건으로 OEM 방식의 계약을 체결했다.

　엄청난 물량에 모든 거래를 현금으로 하자 연신 행복한 비명을 지르며 고개를 숙이는 공장주다.

　보름동안 전국에 흩어진 공장과 계약을 체결하며 공통적으로 느낀 점은 예상과는 다르게 대다수 중소업체에 자금사정이 열악하다는 것.

현금결제라는 조건 하나만으로도 쌍수를 들고 환영하는 모습을 보였기에 이곳의 산업에 관해 더 많은 정보가 필요해 보였다.

사무실에 도착하자 서류를 검토하던 헤론이 걱정했다.

"주군. 이렇게나 많은 물량을 어떻게 옮깁니까?"

"그거야 마법주머니에 담아가면 되지."

"마법주머니엔 몇 상자밖에 들어가지 않을 것 같은데요?"

그러고 보니 이번에 받은 선금으로 대용량 마법배낭을 10개나 구입했다는 사실을 말하지 않았다.

"와우! 대용량 마법배낭이라면 백 상자는 거뜬히 들어가겠습니다."

"맞아. 가격이 비싸지만 물건을 옮기려니 별 수 없었다."

"마법배낭을 옮기는 것도 일이겠습니다. 아주 온몸에 주렁주렁 매달고 다녀야겠습니다."

"쯧쯧. 멍청하기는 마법주머니에 마법배낭을 넣어버리면 간단하잖아."

"아…! 그런 방법이 있었군요."

"너도 이제는 5서클에 오를 때가 됐으니 마법에 대한 고정관념을 버려야 할 거야. 다음 단계로 나아가는 가장 중요한 건 깨달음이다."

"예. 명심하겠습니다."

"그리고 침대 아래 텔레포트 마법진을 새겨두었다. 곧바로 차원홀이 있는 동굴로 이동할 수 있으니 명심하고."

"예. 주군."

라둔 공국과 인페르노 공국에서 주문받은 물건은 무난히 확보했다.

계약한 공장에서 생산한 제품을 보내오는 대로 영지로 옮기는 일만 남았다.

가장 큰 일거리는 해결했으니 이제는 상점거리를 꾸미는데 필요한 유리 등 각종 물품을 가져가야 했다.

또다시 바쁜 일과가 시작됐다.

물건을 구입한 다음 테론과 함께 차원을 넘었다.

＊　＊　＊

소영주가 돌아가기 전에 새롭게 가르쳐준 마법은 리프렉션 마법과 뷰 디텍트 포스라는 마법이다.

덕분에 카메라를 피해야 할 이유가 사라지자 헤론의 영업이 아주 대담해졌다.

더구나 소영주에게서 배운 뷰 디텍트 포스 마법으로 숨겨진 금고마저 간단하게 찾게 됐다.

이제는 영업도 혼자 했다.

봉수는 헤론이 영업을 끝내고 나올 때까지 주변의 동태

를 감시하는 역할을 맡았다.

  넓은 정원이 있는 아주 고급스럽게 지어진 저택의 문을 열고 들어선다.

  누가 보면 저택의 주인으로 착각할 정도로 아주 자연스럽게 그리고 거침없이 현관으로 다가간다.

  경비원 둘이 순찰 중이었지만 눈치를 채기도 전에 잠재워버린다.

  안으로 들어선 헤론이 마법을 발현하자 눈동자에 푸른 안광이 일렁였다.

  뷰 디텍트 포스라는 마법의 흔적이다.

  1층을 훑었지만 금고가 보이지 않자 곧바로 이층으로 이동했다.

  헤론의 시선이 벽을 가린 책장에 고정된 채 안광이 더욱 푸르게 빛났다.

  그러더니 바늘보다 작은 흔적을 따라 숨겨진 스위치를 찾아냈다.

  저벅. 저벅.

  다가선 헤론이 스위치를 누르자 책장이 밀리며 숨겨진 공간으로 향하는 출입구가 나타났다.

  별도의 비밀공간을 만들어 두었다는 건 그만큼 가져갈 게 많다는 뜻.

  헤론의 표정이 어느 때보다 활짝 펴졌다.

계단을 따라 내려가자 육중한 철문이 가로막았다.

하지만 자물쇠를 해제하는데 평소보다 더 많은 시간과 마나가 소모됐을 뿐, 걸음을 막을 순 없다.

육중한 철문을 지나자 거대한 금고가 기다렸다.

육중한 철문과는 다르게 잠금장치를 해제하는 데만 십 분이 넘게 시름했지만 여러 번 주문을 반복한 끝에 마침내 성공했다.

"오우! 오우우!"

이전의 배낭이었다면 금고의 한쪽 귀퉁이만 채웠을 정도로 엄청난 양의 현금과 금괴를 확인하자 저절로 감탄사가 나왔다.

'헤론, 영업을 나갔다가 한꺼번에 쓸어오지 못한다면 그보다 억울한 일이 없다. 그런 불상사가 일어나지 않도록 이걸 사용해라.'

소영주께서 친히 대용량 마법배낭을 건네주셨다.

미래를 내다보는 소영주님의 혜안 덕분에 저렇게 크고 넓은 금고도 말끔히 치워줄 수 있게 됐다.

그리고 한쪽에 놓인 것은 무기명 채권과 장부, 대충 훑어보니 각종 거래내역을 적어놓았기에 무심코 챙겼다.

깨끗하게 치워진 금고를 보자 뿌듯함을 느낀 헤론.

[많은 돈을 기부해 주셔서 감사합니다. 당신이 기부하신 돈은 주변의 어려운 이웃을 위해 아낌없이 사용하겠습니다.]

주인에게 감사의 인사를 전하는 것도 잊지 않았다.

좌르르르. 철컥!

좌르르르. 철컥! 철컥!

헤론이 나오자 육중한 금고문이 서서히 닫혔다.

* * *

영주성에 도착한 루이는 외부공사를 끝나고 내부 인테리어 공사가 진행 중인 상점거리로 향했다.

이전과 다른 점은 창틀과 창문을 모두 원목으로 만들어 홈을 판 후, 저쪽 세상에서 가져온 통유리를 끼워 밖에서도 안이 훤하게 보인다는 것이다.

커다란 창문이 달린 상점은 이 세상에선 볼 수 없는 외관, 2층으로 된 새로운 양식의 상점이 탄생했다.

이렇게 만들어진 상점이 일렬로 배치되자 저쪽 세상의 양식과 이쪽 세상의 고전이 적절히 조화된 대략 오십 미터에 이르는 거리가 형성됐다.

비록, 길지 않은 거리지만 계획된 공사가 마무리 된다면 진정한 상점거리로 거듭날 터였다

건물도 그렇지만 도로도 중요하다.

바닥을 단단하게 다진 다음 시멘트로 포장하면서 갖가지 모양의 돌을 섞어 여러 가지 문양을 새겨 넣었다.

시멘트 포장으로 생기는 밋밋한 단점을 제거해버린 것이다.

이제는 마차가 지나가도 패이지 않고 비가와도 질척이지 않았다.

덕분에 항상 깨끗한 거리를 유지할 수 있게 됐다.

도로와 구분된 인도도 마찬가지다.

수레가 지나가도 깨어지지 않을 정도로 굵은 석판을 촘촘하게 깐 후.

갖가지 모양의 조각을 새겨 넣어 한마디로 예술의 극치를 보여주었다.

정말이지 누구나 걷고 싶을 정도로 아름다운 거리.

틀림없이 타나리스를 대표하는 명물이 될 것이다.

"석공들의 노력으로 상점거리가 더욱 아름답게 꾸며졌군요. 저들에게 별도로 특별급을 내리세요."

다소 빡빡한 일정이지만 내부 공사는 상단이 도착하기 전에 마무리가 가능해 보였다.

그리고 한쪽에서는 상점에서 근무할 점원들의 교육이 한창이었다.

채용된 점원들에게 비누와 샴푸를 제공하며 매일 목욕을 하게 했더니 단숨에 효과가 나타났다.

예전과는 다르게 점원들의 모습은 청결했고 피부가 더욱 뽀얘지고 윤기가 흘렀다.

자극적이지 않은 부드러운 향수를 뿌리게 하자 이제는 옆을 지나가도 향긋한 냄새가 진동한다.

뭇 사내들의 가슴을 울리게 할 게 틀림없다.

"어서 오세요. 손님."

"반갑습니다. 무엇을 도와 드릴까요?"

저쪽 세상의 백화점에서 근무하는 직원들의 모습을 설명하며 행동 하나하나와 표정까지 따라하게 했다.

친절이 몸에 배였고 표정도 마찬가지다.

게다가 점원들에게 갈색 투피스 정장을 입혀 통일감을 조성한 덕분에 누가 봐도 세련되고 고급스러운 느낌을 주었다.

교육장에 들어서자 점원들이 은은한 향기를 흘리며 화사한 미소로 맞이한다.

심장이 울렁거릴 정도로 만족스럽다.

* * *

공사현장을 둘러본 다음 집무실로 돌아와 아론을 불렀다.

저쪽 세상에 거점을 마련한 만큼 차원홀에 관한 비밀을 털어놓고 영지를 발전시킬 방안을 논의할 때가 됐다.

"찾으셨습니까?"

"예. 간만에 차나 한잔 할까 싶어 불렀습니다. 편하게 앉으세요."

아론이 맞은편에 자리하자 마법으로 물을 데운 후 커피를 내놨다.

"이것은 커피라고 부르는데 마실수록 은근히 중독됩니다. 드셔보세요."

사실 아론도 많은 의문을 가지고 있었다.

지금 내어놓은 커피라고 부르는 것처럼 소영주는 어디에선가 처음 보는 물건을 가져와 주변 영지와 공국을 돌아다니며 거금을 마련해왔다.

그때는 몰래 발견한 던전에서 가져온 것으로 추측했지만 한달 혹은 며칠 동안 어딘가에 다녀오기만 하면 엄청난 물건을 쏟아냈다.

관심을 가지고 지켜봤다면 누구나 의심할 수 있는 상황.

헤론이나 테론을 통해 알아낼 수도 있었지만 차후 영지의 주인이 되실 분께서 벌이시는 일이다.

몹시도 궁금했지만 스스로 밝히기 전까지는 봐도 못 본 척, 들어도 못들은 척하는 게 가신 된 도리였다.

후루룩!

뜨거운 커피 한 모금을 조심스럽게 마셨다.

"어떤가요?"

"약간 쓴맛이 나면서도 뒷맛은 깔끔합니다. 소영주님 말씀대로 중독될만한 맛입니다."

"하하! 그렇지요. 허면 이것의 재질은 어떻습니까?"

루이가 커피를 담은 봉지를 꺼내보였다.

"포장지 말씀이십니까?"

"예."

"무엇으로 만들었는지 모르겠지만 소신이 살아오면서 이 같은 재질은 본적이 없습니다."

"그건 이 세상에 존재하지 않는 재질입니다. 아니, 이곳에도 존재할지 모르지만 이 세상이 가진 현재의 기술로는 만들지 못할 겁니다."

"하오면 병사들이 지키고 있는 저택을 통해 가져온 것입니까?"

루이가 고개를 끄덕였다.

"예. 처음에는 던전인 줄 알았습니다. 그래서 헤론과 테론을 데리고 탐험에 나섰는데 놀랍게도 다른 세상으로 통하는 차원홀이었습니다."

믿기지 않는 현실이었지만 눈앞에 소영주의 말이 사실이라는 것을 증명하는 물건이 있다.

게다가 다른 세상의 물건을 가져왔다면 상점거리를 만드는 재료나 창고에 쌓여 있는 제품들에 관한 설명이 된다.

"허면, 헤론과 테론은 다른 세상에 있는 겁니까?"

"예. 차원홀과 연결된 대한민국이라는 곳에 있습니다. 지구라는 세상에 존재하는 수백개의 나라 중 한곳입니다."

"놀랍군요. 소영주님께서 말씀을 꺼내시는 것으로 봐서는 이미 저쪽 세상에 어느 정도의 기반을 마련하신 것 같습니다."

루이는 그간에 있었던 일을 설명했고, 저쪽 세상의 문물에 관한 이야기가 나올 때마다 아론은 연신 감탄사를 내뱉었다.

특히 무기에 관한 이야기가 나오자 큰 관심을 보였다.

소영주의 설명대로라면 저쪽 세상의 무기만 가져온다면 당장이라도 역신 가문을 쓸어버릴 수 있을 것 같았다.

"경이 원하는 것을 모르진 않지만 아직은 때가 이릅니다. 우선 영지가 부유해져야만 무기도 가져올 수 있습니다."

"당장에 저쪽 세상의 무기를 바라는 것은 소신의 욕심이라는 걸 모르지 않습니다. 하루 빨리 그날이 올 수 있도록 소신 신명을 바쳐 보필하겠습니다."

"고맙습니다. 그러면 영지를 어떻게 발전시켜나갈지 의논해 볼까요?"

"예. 소영주님."

가장 먼저 영지의 조직을 개편했다.

소영주의 혜안(2)

 형편이 어려워 주먹구구식으로 운영되던 기존의 조직을 전문성을 갖춘 조직으로 탈바꿈 시키려는 의도다.

 영지의 살림을 총괄하는 내무부를 신설했고, 타와 교역에 나서는 상업부, 영지의 환경을 정비하고 균형적인 발전을 위해 건설부를 두었다.

 또한 주변 왕국이나 공국, 영지와의 마찰에 대비해 외무부를 조직했고, 향후 영지에 필요한 우수한 인재를 확보하고자 교육부를 만들었다.

 물론, 외적의 침입을 방비하는 기존의 군부는 그대로 유지했지만 저쪽 세상에서 가져오는 앞선 기술을 원활히 도입하고자 과학 기술부를 새롭게 조직했다.

"비록, 영지의 인재들이 부족하지만 꼭 필요한 부서들인 만큼 이렇게 시작하는 게 좋겠습니다."

루이의 말대로 영지에는 제대로 교육을 받은 고급인력이 부족했다.

오랜 세월동안 영지의 사정이 좋지 않았기에 황도에 소재한 아카데미를 졸업한 재원들을 영입하지 않은 결과다.

거기에 더해 타나리스는 아카데미를 졸업한 재원들의 관심에서 제외된 곳이기도 했고.

"시작이 반이라고 했습니다. 소영주님께서 구상하신 조직을 갖춘다면 그에 필요한 인재들 또한 채워질 겁니다."

"예. 모든 게 부족한 상황에서 시작하지만 머지않아 수많은 인재가 이곳으로 몰려올 겁니다. 그때까지는 고생 많으실 겁니다."

"고생이라니요. 당연히 해야 할 일입니다. 하옵고 궁금한 게 있습니다."

"무엇입니까?"

"저쪽 세상, 아니, 대한민국이라는 곳은 군부의 체계가 어떻게 갖추어졌는지 알고 싶습니다."

"흠… 거기까지는 미처 파악하지 못했습니다. 내 이번에 넘어가면 상세히 알아 오겠습니다. 그런데 그게 왜 궁금하신 겁니까?"

"앞으로 저쪽 세상의 무기를 도입해 운용한다면 군부의 조직도 그에 걸맞게 맞추어야 할 것 같아 여쭙는 겁니다."

"아……!"

아론의 의견은 틀리지 않았다.

역시나 군부를 이끄는 자답게 루이가 미처 생각하지 못했던 부분까지 파악했다.

"허면 무기를 들여오는 대로 저쪽 세상의 조직을 참고해 군부의 조직도 개편하죠."

"예. 소영주님."

아론과 의견을 주고받으면서 새롭게 신설된 조직을 이끌 부서장을 정했다.

우선 내무부는 집사 에반스가 맡도록 했고, 군부는 아론, 외무부는 레이얀, 건설부는 빌테인, 상업부를 총괄하는 부서장에는 티에리를 임명했다.

교육부와 과학기술부는 적당한 인물이 없어 보류했다.

안타까운 현실이지만 그만큼 영지에 인재가 없다.

그러나 부서장마저 정하지 못할 정도로 인재가 부족한 타나리스지만 소영주를 중심으로 새롭게 비상할 준비를 갖추어 나가고 있었다.

* * *

　서두른 감이 있었지만 거래했던 상단이 도착하기 전에 상점거리의 공사를 끝내고 저쪽 세상에서 가져온 물건들을 진열했다.

　모든 준비가 마무리되어 영지민에게 상점 거리를 개방해 관심을 유도하자 상점에 진열된 물건들을 보고서 감탄하지 않는 자가 없다.

　그들이 살아오면서 구경하지 못했던 온갖 진귀한 물건들이 가득했고, 모든 제품이 아주 얇은 투명유리에 포장되어 있다.

　의류점을 방문한 여인들은 점원이 풍기는 향수에 큰 관심을 보였고, 마네킹이 입고 있는 옷을 만져보며 연신 감탄을 내뱉었다.

　"너무 예쁘네. 어떻게 이런 색깔이 나올 수 있지?"

　"그러게. 박음질도 일정한 게 도대체 누가 만들었을까?"

　"옷감도 너무 부드러워. 돈만 있다면 진열된 옷들을 모두 사고 싶어."

　그릇 가게를 방문한 영지민도 마찬가지다.

　"어머나! 투명유리로 만든 그릇이야. 안에 꽃이 들어갔어."

"와! 여기엔 나무와 동물을 새겨 넣었네. 순백에 여러 가지 문양이 들어가 있으니 귀티가 나."

"맞아. 아까워서 그릇으로 사용하지도 못하겠어."

잡화점을 방문한 영지민은 이것저것 질문하기에 바빴다.

"향기가 너무 좋은데. 이건 뭐예요?"

"네. 손님. 그건 비누라는 겁니다. 이렇게 문지르면 거품이 생겨나 찌든 때를 없애고 피부를 부드럽게 해줍니다. 제 피부를 보세요. 며칠 동안 비누로 목욕했더니 이렇게 부드러워지며 은은한 향기까지 풍기네요."

"와! 정말로 피부에서 향긋한 냄새가 나네요. 이제부터는 저도 비누를 사용해야겠어요."

다른 상점도 사정은 마찬가지다.

점원이 쉴 틈이 없을 정도로 영지민의 질문이 이어졌다.

계획은 성공적이다.

순식간에 영지에 소문이 퍼지면서 큰 관심을 불러 일으켰고, 진열된 제품들도 불티나게 팔려나갔다.

이제 불러들인 상단만 기다리면 됐다.

* * *

약속 날짜에 맞춰 대규모 상단이 도착했다.

선주문을 했던 상단을 비롯해 타파로스상단, 캔타로상단, 네로상단 등 시제품을 접해본 많은 상단이 방문했다.

덩달아 상단을 호위하는 용병까지 대규모로 도착해 영지의 숙박업소가 부족해지자 숙소를 구하지 못한 상단이 주택을 임대했다.

때 아닌 돈벼락을 맞게 된 영지민이다.

새롭게 상업부의 책임자가 된 티에리가 상단을 맞이하며 상점거리로 안내했다.

변화된 타나리스에서 가장 먼저 접하는 건 시멘트로 포장된 도로다.

역시나 상단의 시선을 사로잡았다.

"도로를 포장한 재질이 무엇입니까?"

"시멘트라는 재료를 사용했습니다."

"그것도 판매합니까?"

"물론입니다. 다만, 물량이 부족해 당장은 어렵습니다."

도로를 살펴본 여러 상단이 큰 관심을 드러냈다.

질퍽이는 도로 때문에 고민 중인 영지나 왕도의 관료들에게 충분히 팔릴만한 제품이다.

이윽고 상점거리에 들어섰다.

타나리스에서 야심차게 준비했던 만큼 그들 앞에 펼쳐진 광경에 모두가 놀란 표정이다.

"세상에! 저건 유리가 아닙니까?"

그러나 놀람도 잠시.

투명유리를 통해 상점내부를 살펴보고는 할 말을 잃었다.

상점을 가득채운 엄청난 물건들.

그들이 꿈꾸었던 장소가 눈앞에 펼쳐지자 누가 떠밀기라도 하듯 앞 다투어 상점으로 향했다.

역시나 밖에서 보았던 제품이 가지런히 진열되어 있었다.

타나리스를 방문한 상단은 첫날부터 강행군을 이어가면서 빠짐없이 제품들을 살펴보며 정보를 수집했다.

그렇게 사흘이 지났다.

영지를 방문한 상단들도 진열된 제품들을 충분하게 살펴봤을 터, 이제는 거래할 때가 됐다.

티에리로 하여금 상단주들을 오찬에 초대했다.

"어서들 오세요."

"소영주님을 뵙습니다."

이미 안면을 익힌 상단주들은 반갑게 인사를 해왔고, 새로이 타나리스를 방문한 자들은 소영주와의 면식을 트고자 노력했다.

"앞으로 타나리스에서 판매하는 물품에 관한 거래는 상업부에서 주관합니다. 이점 유념해 주시기 바랍니다."

곁에선 티에리를 소개하며 물품의 판매는 상업부에서 주관한다는 것을 명확히 했다.

"상업부를 이끄는 티에리 남작입니다. 앞으로 여러분과 좋은 관계를 유지하도록 최선을 다하겠습니다."

이미 안면을 익혔지만 다시 한번 자신을 소개한 티에리였다.

오찬은 야채 스프를 시작으로 와인을 곁들인 스테이크를 메인 요리로 했다.

각자의 자리에 저쪽 세상에서 가져온 포크와 스푼, 나이프를 비롯한 세 개의 유리잔이 놓았고 중앙엔 냅킨을 두었다.

시녀가 와인을 잔에 붓자 루이가 향기를 맡고는 이내 고개를 끄덕였다.

뒤이어 상단주들의 잔에도 와인이 채워졌다.

"으음!"

"오오!"

와인 맛을 음미하던 상단주들이 감탄했다.

저쪽 세상의 식재료를 이용해 내어놓은 메인요리 또한 마찬가지.

오찬을 끝낸 상단주들이 매우 흡족한 표정이다.

더구나 후식으로 내어놓은 커피의 향과 맛은 거래를 위해 가졌던 상단주들의 경계심마저 허물어 버렸다.

먹을거리도 충분히 통한다는 뜻.

오찬에 사용된 식기류를 보고서도 관심을 표하지 않는 자가 없었다.

이 세상에서 만든 투박한 제품과는 다르게 광택이 날 정도로 매끈하고 유려한 곡선미를 지녔다.

팔아먹을 제품이 더욱 늘어났다.

오찬이 끝나고 물품의 거래가 시작됐다.

주문받은 물량을 모두 공급한 후 새로운 거래가 이어지자 이미 제품에 관한 파악을 끝낸 상단은 그들이 원하는 물품의 목록과 함께 수량을 기재해 제출했다.

수십 개의 상단에서 제시한 물량이 상상을 초월할 정도로 만족스러운 거래였다.

사실 저쪽 세상의 기준으로 보면 가져온 물건들은 대부분 질이 낮거나 작은 하자가 있다.

그렇다고 가격을 낮게 책정한 것도 아니다.

일례로 약간의 하자가 있는 운동화 한 켤레를 가져오는 가격이 오천 원, 판매가는 8실버.

저쪽 세상의 원화로 계산하면 8만원.

이 세상에 살아가는 4인 가족의 한달 생활비가 1골드 내외라는 것을 감안하면 아주 비싼 가격이다.

물론, 제품의 주 소비자는 여유가 있는 자들이기에 대량으로 팔려나갔다.

다만, 영지에서 일어나는 구입 욕구도 무시할 수 없어

영지민에게는 별도의 방법을 사용해 물건을 저렴하게 구입할 수 있도록 조치했다.

"물량은 언제 맞출 수 있습니까?"

"석달 후에 요구하신 물량을 제공하겠습니다. 첫 거래 후에는 언제라도 이곳을 방문해 필요한 수량을 구입해 가실 수 있습니다."

상단들은 비싼 가격이 책정됐음에도 충분한 이익을 계산한 것 같았다.

이미 대량의 물건을 구매하고서도 새로운 제품을 미리 주문하고서야 서둘러 걸음을 재촉했다.

이제 저들이 이 세상 구석구석 물건을 공급할 터, 소문이 퍼진다면 더 많은 상단이 육로와 해로를 통해 타나리스를 찾아오게 된다.

마침내 타나리스가 날아오를 준비가 됐다는 뜻이다.

* * *

영지를 위해 소영주의 명을 열심히 수행하는 헤론이 새롭게 인연을 맺은 곳은 강철파다.

그날도 당당히 대문을 통해 영업에 나선 헤론.

주변의 주택에 비해 큰 저택이었지만, 그럼에도 경비원조차 보이지 않아 찜찜함을 느끼며 현관문을 열었다.

역시나 찜찜함이 현실이 됐다.

헤론에게 최초로 영업 실패를 안겨준 그곳과 비슷한 상황이다.

다른 점이라면 십여 명의 덩치들이 각종 연장을 들고 포박당한 자들을 겁박하고 있다는 정도.

헤론이 들어서자 한순간에 시선이 집중되며 '잡아!'라는 짧은 외침과 함께 여러 명의 덩치가 거리를 좁혀왔다.

황급히 쉴드를 전개해 몸뚱이를 보호한 헤론.

곧바로 홀드마법을 시전하며 상대의 움직임을 봉쇄하곤……

퍽퍽퍽.

각목을 빼앗아 차례대로 제압했다.

순식간에 동료들이 쓰러지자 남은 자들이 동시에 덤벼들었지만, 결과는 마찬가지.

'그리스' 마법에 우르르 미끄러지며 서너 호흡이 지나기 전에 모두 제압됐다.

그러나 그 순간을 이용해 헤론의 등 뒤로 다가온 자가 있었다.

놈은 최고의 기회를 잡았다는 듯 망설임 없이 시퍼렇게 날이 선 칼을 꽂았다.

'아……!'

그 순간 중앙에 묶여 있던 자들의 눈빛이 절망에 휩싸였다.

그들이 보기에도 뒤에서 찔러오는 칼만큼은 도저히 피

할 방법이 없어 보였다.

살아날 수 있다는 기대감이 무참히 무너지는 순간.

그런데.

텅!

괴상한 소리와 함께 헤론의 등을 찔렀던 칼이 튕겨 나왔다.

"헛!"

칼을 찌른 놈은 당황했고, 포박당한 채 무릎을 꿇고 있는 자들은 믿기지 않은 표정을 지으면서도 안도했다.

각목으로 쓰러진 놈들을 구타하던 헤론.

등에서 느껴지는 충격에 돌아서자 동시에 시퍼런 칼이 심장을 향해 다가왔다.

씨익.

급박한 순간이었지만, 오히려 헤론은 아주 가소롭다는 듯 음흉한 미소를 보였다.

총알도 뚫지 못하는 쉴드다.

하물며 오러 조차 다루지 못하는 인간이 찌르는 칼은 위협이 될 수 없다.

텅!

역시나 괴상한 소리와 함께 심장을 찔렀던 칼이 가로막히자 헤론과 시선을 마주한 놈이 더욱 당황했다.

놀랍고 당황스럽게도 칼이 박히지 않는 인간이었다.

"으아아……."

당황한 놈이 외마디 비명을 내지르며 무작정 칼을 휘둘렀지만, '텅텅텅' 역시나 무언가에 가로막힐 뿐이었다.

쨍그렁.

헤론과 시선을 마주한 놈이 손에 쥔 칼을 떨어뜨리며 뒷걸음질했다.

가만히 놈의 행동을 지켜보던 헤론이 있는 힘껏 각목을 휘둘렀다.

빠각!

끝이었다.

헤론과 강철파

  오늘 헤론이 영업을 나온 곳은 깡패소굴, 아니 깡패두목이 거주하는 곳이다.

  그런데 어이없게도 헤론이 영업을 나온 날에 집주인은 다른 조직의 습격을 받아 포박된 상태였다.

  우습게도 금고를 털고자 영업 나왔던 헤론이 그들에게 구세주가 되어버린 것.

  '이거 어떻게 해야 하나?'

  덤벼들던 덩치들을 모두 처리한 헤론이 포박당한 채 무릎 꿇린 자들을 바라봤다.

  대부분 심한 구타를 당했지만 생명에는 지장이 없어 보

였다. 다만, 한명만은 복부를 찔려 위험한 상황에 내몰린 상태다.

저대로 두면 틀림없이 죽을 터, 헤론이 고민하게 된 이유다.

"이것을 풀어줄 수 있겠소?"

포박당한 채 무릎이 꿇린 자가 헤론을 바라보며 부탁했다.

"음……."

망설여졌다.

단지 이곳에 일하러 나왔을 뿐, 저들과 아무런 관련이 없음은 서로가 알고 있다.

괜히 풀어주었다가는 또다시 싸움에 휘말릴지도 모른다.

헤론이 고민하는 모습을 보이자 두목이 소리쳤다.

"금고는 이층에 있으니 원하는 만큼 가져가시오. 다만, 그쪽이 보다시피 칼에 찔린 수하가 위독하니 구급차를 불러주면 안 되겠소?"

우두머리는 수하를 살리고자 친절히 금고의 위치까지 가르쳐 주었다.

심성이 저렇다면 모른 체 할 순 없는 법, 헤론이 칼에 찔린 자를 안고서 이층으로 올라갔다.

갑작스런 헤론의 행동에 우두머리가 당황했다.

"계속해 피를 흘리면 위험하다. 응급처치를 해줄 테니

내가 나간 후에 이자를 병원으로 옮겨라."

틀리지 않았다.

응급처치만 할 수 있다면 수하는 살 수 있다.

"그렇게만 해주신다면 안심이오."

이층으로 올라온 헤론은 칼에 찔린 복부를 벌려 클린마법으로 피와 함께 이물질을 제거했다.

그런 후, 포션을 붓고는 연속해 힐을 펼쳐 찢어진 부위를 아물게 했다.

6서클을 바라보는 루이의 마법에 비할 바는 아니지만 5서클을 바라보는 헤론의 마법도 빠른 효과를 나타낸다.

치료를 끝낸 헤론이 금고를 비운 다음 아래층으로 내려왔다.

"응급처치를 했으니 수하의 생명은 걱정하지 않아도 된다. 금고는 너희들을 구한 대가로 털어가겠다."

"고맙소."

우두머리가 진심어린 표정으로 감사의 인사를 했다.

그러나 밖으로 나가려던 헤론은 멈출 수밖에 없었다.

연락이 되지 않아 이상함을 느낀 수하들이 대거 저택으로 몰려왔기 때문이다.

족히 백명은 되어 보이는 숫자가 저택을 에워싸자 도무지 빠져나갈 틈이 없었다.

"이왕 이렇게 됐으니 차나 한잔 하고 가시는 게 어떻겠소?"

수하들이 포박을 풀어주자 우두머리가 미소를 지었고, 수하들이 헤론을 둘러쌌다.

"음……."

신음을 내뱉은 헤론의 눈빛이 변했다.

"이런, 싸우자는 게 아닙니다. 단지 저와 수하들을 살려준 것에 대한 감사를 표하고 싶어 그렇습니다."

"보답은 이미 받았으니 별도로 감사를 표할 이유는 없다."

헤론이 정색했다.

"그렇게 하십시오. 저 또한 이대로 보내드리지 못하겠습니다."

이층에서 들려온 말이었다.

"대근아!"

칼에 찔려 의식을 잃었던 부두목이다.

"움직여도 괜찮은 거냐?"

"예. 형님. 조금 어지럽지만 상처도 깨끗이 치료됐습니다."

상처가 치료됐다는 말에 보스 강철과 수하들이 말도 안 된다는 표정이다.

"정말이냐?"

"예. 형님."

대근이 복부를 내보이자 놀랍게도 칼에 찔렸던 흔적만

남아 있을 뿐 이미 상처는 아물었다.

"도대체 어떻게 된 일이냐?"

"나중에 말씀드리겠습니다."

대근이 헤론을 바라보며 다시금 허리를 숙여 감사함을 표했다.

"어떻게 생명의 은인을 그냥 보내겠습니까? 잠시 시간을 내어주십시오."

대근의 표정과 눈빛에는 진정성이 어려 있다.

그것을 모르지 않는 헤론, 이대로 나간다고 해도 저들은 막지 않을 것이다.

하지만 이 순간 헤론의 두뇌가 빠르게 회전했다.

눈앞에 보이는 자들은 음지에서 살아가는 존재.

이 세상이나 저 세상이나 힘을 가진 자들에게 꼭 필요하다.

소영주 역시 이 세상에서 힘을 가지기를 원할 터, 헤론은 이들을 자신의 조력자, 소영주의 도구로 만들어야겠다고 생각했다.

결론을 내렸다.

"좋다. 정히 원한다면 그렇게 하지."

* * *

강남에 위치한 요정.

노년의 신사가 내뱉는 차가운 기운에 함께한 자들이 식은땀을 흘렸다.

　노인.

　강남구를 기반으로 오랜 세월 정계에 몸담은 5선 의원, 현 여당의 실세 강만수다.

　그런 그가 서슬 퍼런 노기를 드러내는 이유는 잃어버린 장부 때문이다.

　도대체 얼마나 간이 큰 놈이기에 5선 의원이자 현 여당의 실세가 사는 주택에 침입해 금고를 털어간 것일까?

　아니, 그보다 어떻게 금고를 열었을까?

　금고의 비밀번호는 자신 외에는 아무도 모른다.

　금고를 열기 위해서는 두 곳의 철문을 지나야 했고, 게다가 특수 제작된 금고로 비밀번호만 해도 12자리다.

　비밀번호를 모른다면 결코 열 수가 없다는 말, 그런데도 털렸다.

　금고 안에는 다음 대선을 위해 은밀하게 거두어들인 금괴가 1톤, 무기명 채권이 수백억이다.

　그러나 그보다 더 큰 문제는 장부였다.

　오랜 세월 정치판에 놀면서 여당과 야당의원들에게 건넨 자금의 흐름이 상세히 기록되어 있다.

　장부는 강만수가 휘두를 수 있는 강력한 무기이자 자신의 정치기반을 단숨에 무너뜨릴 수 있는 날카로운 비수다.

장부가 공개된다면 정치권이 발칵 뒤집혀질 것은 불을 보듯 뻔하다.

돈이 문제가 아니다.

어느 미친놈에 의해 판도라의 상자가 열리는 것만은 반드시 막아야 했다.

"무기명 채권을 사용하려면 금융권을 이용할 게야. 은밀하게 금융권을 조사해봐."

"예. 의원님."

"금괴 역시도 단번에 처분할 순 없을 테니 소액거래까지 조사하고."

강만수의 지시를 따르는 자는 최대 규모의 권력조직을 이끄는 경찰청장 이길수다.

"대선이 이년밖에 남지 않았으니 최대한 서둘러야 할 게야. 자네가 이 사람을 보살펴 주게."

"그리하겠습니다."

지금 답하는 자는 김태정, 강력한 권력기관인 검찰조직을 이끄는 수장이다.

그리고 무릎을 꿇은 채 강만수로부터 지시를 받는 이기백, 백상어파를 이끄는 보스다.

강남을 기반으로 성장했으며 오랜 세월 강만수의 충직한 개로 지내왔다.

"이번 일만 원만히 해결한다면 다음 대선이 끝나고 자네들은 나와 함께 저곳에서 지낼 것이야."

"성심을 다하겠습니다."

* * *

영지에서 바쁜 일과를 보낸 후, 사무실에 도착하자 해수가 반갑게 맞이했다.

"출장은 잘 다녀오셨어요?"

장기간 사라질 때면 출장을 간 것으로 오인했다. 사실 어찌 보면 저쪽 세상에 출장을 다녀온 게 맞다.

"덕분에요. 그보다 별다른 일은 없지요?"

"네, 대표님."

루이가 자리에 앉자 해수가 커피를 내오면서 그동안 밀린 결재를 가져왔다.

저쪽 세상에 다녀오는 동안 기존의 거래처에 발주한 물량내역과 입고내역을 간추린 서류였다.

결재를 해나가던 루이가 물었다.

"혼자서 일을 처리하기가 버겁지 않나요?"

"아닙니다. 실장님께서 대부분의 서류를 정리해 주십니다. 다만, 홀로 사무실을 지키려니 적적합니다."

"이제부터는 거래처가 훨씬 더 늘어날 겁니다. 일거리가 많아지는 만큼 직원이 필요하니 이대로 구인공고를 기재하세요."

직원을 구한다는 말에 기뻐하는 걸 보니 적적하긴 했나

보다.

"네, 대표님."

상점거리에 진열된 제품의 종류가 많았던 만큼 각 상단으로부터 주문받은 물량과 가짓수도 많아졌다.

헤론이 처리하기에는 버거울 정도의 규모였기에 이제는 거래처를 확보하고 물건을 구매하는 등의 업무는 직원을 두어 해결하기로 했다.

그리고 지금까지는 현금거래를 하면서 별도의 계산서를 발행하지 않아 출고내역이 없어도 문제가 되지 않았다.

하지만, 거래하는 물량이 많아진다면 경우가 다르다.

번거롭더라도 수출과 같은 방안을 모색해 두어야만 앞으로의 사업이 순조롭게 흘러갈 터, 하나씩 준비해야 한다.

밀렸던 결재를 하고 난 루이가 헤론에게 전화를 걸었다.

─오셨습니까?

"어디냐?"

─서울입니다.

"영업나간 거야?"

─겸사겸사 나왔습니다. 그보다 영지일은 어찌됐습니까?

"대단히 성공적이었다. 얼굴이나 보자."

─지금 사무실로 내려갈까요?

"언제 도착하려고? 좌표나 불러라."

─곧바로 확인해 문자로 보내겠습니다.

통화를 끝내고 얼마 지나지 않아 헤론으로부터 좌표가 도착했다.

해수에게 퇴근하라는 말을 남기고 밖으로 나와 곧바로 이동했다.

주변의 공간이 일그러지며 도착한 곳은 강남에 위치한 상가 주택.

헤론이 루이를 맞이했다.

"와! 네가 대웅 마법진을 그리다니 어떻게 된 일이야?"

"그게… 갑자기 서클이 올랐습니다."

깨달음을 얻었다는 뜻이었다.

"오! 축하해. 역시 하늘이 내린 천재다워."

"열일곱에 6서클에 오른 주군이 계시는데 어찌 천재라 할 수 있겠습니까?"

"나야 천재의 범주를 벗어난 인물이니 별론으로 해야지."

"……."

"대륙을 뒤져봐도 네 나이에 5서클에 오른 자는 찾기 힘들 거야. 충분히 자부심을 가져도 돼."

"감사합니다. 주군."

"자식이 깨달음을 얻더니 의젓해졌어."

"에이! 그럼 소영주님으로 부르겠습니다."

"편하게 해. 마음가짐이 중요하지 그깟 호칭이 뭔 대수냐. 그보다 깨달음은 어떻게 얻은 거야?”

“그게……..”

이 세상을 둘러보던 헤론은 이곳의 의료기술에 관한 정보를 접하면서 큰 충격을 받았다.

이곳은 각종 질병을 일으키는 원인균을 연구하고 그 치료법을 개발해 미리 예방하고 있었다.

꿈속에서조차 생각지도 못한 방식.

이 세상은 마법의 한계를 벗어난 의료기술을 보유했다.

흑마법사가 되기를 포기하고 치유계 마법으로 방향을 틀게 된 이유도 이곳의 의료기술을 가져가 치료소에서 활용하려는 목적이었다.

그렇게만 된다면 비싼 치료비를 요구하는 마법이나 신성력을 찾지 않아도 된다.

가난한 서민들이 질병을 치료하지 못하는 안타까운 현실에서 벗어날 수 있다는 뜻이다.

“그래서 약초원을 차렸고, 찾아오는 어르신들을 치료하다보니 갑자기 깨달음이 찾아왔다는 거야?”

“예, 주군.”

“요런 멋진 놈! 그러지 말고 대학이라는 곳에 진학해 체계적으로 배워봐.”

“그래도 되겠습니까?”

“물론이야. 네가 배운 만큼 영지민의 삶이 나아지는데 반대할 이유가 없지.”

"감사합니다."

"그리고 충분한 자본도 만들었으니 금고 터는 일도 그만두고."

"이익을 많이 보신 모양입니다."

"그래. 상상을 초월한 수익을 남겼다. 이제부터 돈 걱정은 안 해도 될 거야."

"감축 드립니다. 주군."

"네가 고생이 많았어."

"역시 알아주시네요. 헌데 이번에 턴 금고에서 제법 많은 금괴와 현금, 무기명 채권을 가져왔습니다. 보시겠습니까?"

"이곳에서?"

헤론이 일어나더니 약초원 문을 닫고는 마법 배낭을 쏟았다.

눈동자가 둥그레졌다.

"뭐, 뭐냐?"

"흐흐흐! 제가 제법 많다고 말씀드리지 않았습니까?"

"야! 저게 제법 많은 거냐? 엄청 많은 거지. 흐흐흐흐!"

크게 놀랐지만 표정만큼은 활짝 웃고 있었다.

"헤론아?"

"예. 주군."

"학자금은 걱정 안 해도 되겠다."

"……."

"한데 주군께서도 대학이라는 곳에 가보시지 않겠습니까? 경영학이라는 학문을 배워둔다면 영지를 경영하는 데 큰 도움이 되지 않겠습니까?"

"그래?"

"예. 저번에 말씀하신대로 이곳의 진학제도에 관해 조사해 두었습니다."

"말해 봐."

헤론이 조사했던 내용을 설명했다.

"대학에 입학할 수 있는 자격을 얻으려면 검정고시를 합격해야 한다는 거지?"

"예, 주군."

"까짓것 보자. 내가 공부할 것들도 준비해."

단번에 대학 진학을 결정해 버렸다.

바쁘게 양쪽 세상을 오가느라 새로운 학문을 배우고 할 시간 자체가 부족했지만 결정을 내린 이유는 간단하다.

운전면허에 합격했듯, 검정고시나 대학 입시에 필요한 내용을 각인시켜 버리면 끝나기 때문이다.

지닌 마법의 수준이 일정한 단계에 오르다보니 이 세상의 공부 자체가 참 쉬웠다.

〈다음 권에 계속〉

어울림 BOOKS 신인 작가 대모집!

어울림 출판사는 무한한 상상력과 뜨거운 열정을 가진 작가 여러분을 기다리고 있습니다.
창작에 대한 열의가 위대한 작품으로 꽃피울 수 있도록 저희 어울림 출판사가 여러분의 힘이 돼 드리겠습니다.

지금 도전하십시오!

모집 분야 : 판타지, 역사, 무협, 로맨스 등
모집 대상 : 아마추어, 인터넷 작가등 열정을 가진 모든 작가
모집 기한 : 수시 모집
작품 접수 방법 : 당사 네이버 카페 또는 이메일을 이용해 주십시오.

파일 형식은 제한이 없으나 원활한 원고 검토를 위해 '.HWP' 형식으로 보내주시고, 파일에 연락처도 함께 기재해주시면 됩니다.

채택된 작품은 정식 계약을 통해 출판물로 간행됩니다.
간행된 출판물은 당사의 유통망을 이용하여 전국 서점으로 배포됩니다.
※ 문의 사항은 네이버 카페(http://cafe.naver.com/oulim0120)를 이용하시기 바랍니다.

경기도 고양시 일산동구 장항동 43-55 성우사카르타워 801호
어울림 출판사 신인 작가 담당자 앞
전화 031) 919-0122 / **E-mail** 5ullim@daum.net